三つの庵

TROIS HUTTES

ソロー、パティニール、芭蕉

Christian DOUMET
クリスチャン・ドゥメ

小川美登里・鳥山定嗣・鈴木和彦＝訳

幻戯書房

三つの庵——ソロー、パティニール、芭蕉

目次

装幀——小沼宏之[Gibbon]

三つの庵

序

太陽王の時世、ヴェルサイユに住む宮廷人のなかには、空間の余裕がないために椅子駕籠《かご》に座って暮らすことを強いられた者もいた。雨が降ろうが雹《ひょう》が降ろうが、極寒のときも酷暑のときも、彼らはそこで暮らすのだった。羽飾りとぎざぎざの襟をつけ、留め金をはめた足にお似合いのストッキングを履き、白粉と霜焼けと蝿に覆われて。そして生きている者がするあらゆることをするのであった。つまり食事をし、眠り……　夜が明けても彼らは腰掛けていた、羽根布団にうずくまって息苦しそうに、むかつくような臭気をはなち、血の気の失せた姿で。時々、王家の食卓から鶏肉の骨が、手袋をはめた彼らの指のあいだに落ちてくることがあった。ヴェルサイユのでこぼこした石畳にじかに椅子を置き、そこに身を置く幸福のためにこの快適ならざる生活を耐え忍ぶのである。豪華絢爛《けんらん》な宮殿のすぐそばで、とはいえほとんどそれを目にすることはなく、その中に住まうことは決してなく、ただその周りをさまよう無意味な小惑星のように。

宮殿をこのように取り巻く仮住まいは、定住する権力者たちに生きることの本質的な不安定さを想起させるものだ。というのも、たとえ狭苦しい椅子暮らしに身を落ち着けた侯爵たちがもっぱら雨と晴天を司る〈主〉に目を向けていたとしても、ふと気まぐれな想念が生じ、椅子を放り出して宮廷との縁を切り、自分たちの自由を見つめようという思いが彼らの脳裏をよぎらないともかぎらないのだから。

この自由という語は、彼らにとってなおもわずかばかりの意味と味わいをもっているだろうか。そのような気高いことに思いを馳せることはせず、彼らが身動きせざるをえないのは精神の欲求というよりも椅子に接した臀部《でんぶ》のむずがゆさであったということを認めよう。だが、そんなことはどうでもよい。陰口と風聞とありとあらゆる駆け引き《ポリティック》のただなかに身を置く彼らのうちには、移動への憧憬《ノスタルジー》が、かりそめの生活と仮設キャンプに対する目の眩《くら》むような思いがあったにちがいないと賭けてもいいだろう。なかにはソネットをこしらえる者もいた。このうえなく厳格な礼儀作法に縛られ、このうえなく頑丈なコルセットで固められた組織のただなかにあって、彼らはいつも片足を宙に浮かせていた、しがない夢見がちなジプシーのように。ほんのわずかなもの——数行の詩句、ひとつの仮住まい、石畳のかけらなど——があれば、私たちが脱出の夢を抱くには十分なのだ。

〔本書ではソローとパティニールと芭蕉の庵《いおり》を取り上げるが、〕その他さまざまな仮住まいについて語ることもできたであろう。イニスフリーの湖島に粘土と藺草《いぐさ》でイェイツが建てた小屋、ローアーンにあるディラン・トマスの小屋、ジョージ・バーナード・ショーの「回転式小屋」、ゴーギャンのテ・ファレ〔タヒチ語で「家」の意〕、あるいはまたエミール・ノルデのアトリエ小屋など。あらゆる庵／小屋は、現実のものであれ夢見られたものであれ、作家や画家といった世界の作り手たちが自分たちの必要とするささやかなものを彼ら自身の生き方として表現したものである。世の中から離れ、孤立し、身をひそめること。孤独な苦行を伴うそうした身ぶりはすべて、最終的にはこの世の生をいっそう深く味わうためになされるのである。それはちょうどバルザックが隠し階段を通って現実の債権者たちの追跡から逃れつつ、高利貸ゴプセックの魂のなかに入ってゆくようなものだ。

思考は、おのれの住まいを離れるときにこそ、そこに逢着する好機《チャンス》に恵まれる。

ソロー

〔掘っ建て小屋の〕持ち場。

四方八方から海風が吹きこむこれら枯れ木の掘っ建て小屋では、すばらしい気候がこころゆくまで味わえるにちがいない。そこには快い静寂があり、そうした静けさをとおして人はみずからの魂に耳を傾ける。そこで人は完全な自由を堪能するのであり、この平穏な小屋に心配事の入り込む余地はない。

——スタンダール、『ある旅行者の手記[01]』

これまでの人生で彼[02]が選んだいくつかの小屋（建てたと言えば正確ではないだろう。なかには岩蔭の避難所、生い茂るリラの狭間、単に地ならしされただけの場所もあった）——彼自身が積極的に建設に携わったものもあれば、私たち誰もが漠然と思い描く伝説的な住まいのモデルに照らしてもさほど見劣りしないものもあったが——そのひとつに、アンサール[03]の池のほとり、アカシアの木立の真下に雨水によって穿《うが》たれた空洞があった。

それから何年も後のこと、マサチューセッツ州のウォールデン湖のほとりで〔ヘンリー・デイヴィッド・〕ソローの小屋跡を発見したとき、彼はすぐさま、かつての夢をそこに認めた。淀んだ水のそば、鬱蒼《うっそう》とした森のなか、あらゆる住居から隔たった場所。とりわけ最後の特徴、世間から隔絶し孤立したその場所は、超自然的な異様さに(過剰なまでに自然が満ち溢《あふ》れているという意味で)、それゆえ異教的な神聖さに包まれていた。

アンサールの池には草の生い茂る小道を通って行くのだったが、柵と廃屋が池への立入りを阻んでいた。その廃屋が「神父さんの家」と呼ばれていたことも、「アンサールの方へ行く」冒険の漠とした聖なる恐怖をいっそうかき立てていた。柵を越えると、小道は下草の茂る方へまっすぐ伸びていて、いよいよ鬱蒼と深さを増す森のなかを進んでゆくと、突然ぱっと明るい場所に出るのだった。枝葉と茨のただなかに嵌《は》め込まれた宝石のような、完全な円をなす池がまどろんでいた。さながら瞳を開いたまま。目に見えず、耳にも定かに聞きとれない生き物の気配があたり一面に漂っており、時折、不意に甲高い陽気な声で鳴き立てるヤマウズラや、すばやく逃げ去ってゆく何か見分けがたい小動物の姿がこの森の生態を垣間見せるのであった。

すぐそばにはアカシアの木立が小高い丘の上に立ち並び、その下のバラ色がかった土壁にはぽっかりと奥深い空洞が口を開けていた。入り口に何本か枝を立てるだけで、山小屋と見紛《まが》うほどのものができあがった。簡易な小屋はどれも、自然の形をほんのすこし変えたものにほかならない。ちょっとした努力とコツさえあれば、厳密な意味での建造というよりはむしろ案配《アレンジメント》ともいうべき効率的な手段によって、すでに存在するものを巧みに取り入れ、それを最もよく活用することができる。

小屋で過ごす時間がつねにそうであるように、アンサールでの時間はもっぱら時の流れに耳を澄ますことで過ぎていった。小屋暮らしをするとは、生を実感すること、たとえ三、四人一緒であってもそれなりの沈黙と孤独を味わうこと、さらには自分の体内を流れる血液の脈拍のなかに何か不動のもの、今はまだ存在していないものを感じることだと言えるだろう。待つこと、先を見ること、非現実に思いを馳せること。彼は自分に与えられた世界の片隅に住まう喜びと同じくらい、その小屋が限りなく与えてくれていたものをいつまでも保っておくことは決してできないという悲しみを思い出すのだった。

　無為のなかで味わう幸福と退屈の入り混じった感情、薄暗がりの巣のなかでおぼえる呆然《ぼうぜん》自失の感覚、腐植土の匂い、枝の軋《きし》む音、星のまたたきや動物の鳴き声、そういったものの作用を受けて、彼と冒険仲間たちはいつしか半ば意識を失ったような状態になり、周囲に発せられる自然界の兆候のすべてが徐々に彼らの動物性を蘇《よみがえ》らせるようであった。互いにまったく話をしないこともあった。かつてこれほど自分たちが動物の穴ぐらや吠え声や鼻面に近い存在であると感じたことはなかった。そのようにして漠然とながら獣の戦慄を肌身におぼえる彼らのうちで、将来の見通しは次第にかすんでゆき、生は見渡すかぎりそれ以外のなにものでもないような、その果てに死さえないようなものに思われるのだった。

とはいえ、小屋の脆《もろ》さからして、彼らにはすでに分かっていたはずだ。風雨の季節がやってくれば、そこは元の荒涼たる自然に戻ってしまうにちがいないと。彼らがそのささやかな使者としてこしらえた文明の産物は、森に忍び込んだときと同じ軽さで消えてしまうことだろう。だが、この明白な寓意も意に介さず、彼らはアンサールを自分たちの将来のもっとも確固とした揺るがぬ拠点とみなしていた。そこで彼らは永遠に触れていたのだ。おそらくはその錯覚もまた小屋の本質に属するものだろう。そこでは、かりそめのものがその反対のものと紙一重であるために、両者は実は同じ者のふたつの姿なのではないか、異なる角度から見た同じ人物、同じ古老の顔ではないかと自問するにいたる。

その後、彼は二度とアンサールに戻らなかった。その場所がどうなったか、あまりにも想像できたからだ。アカシアの木立は伐採され、池は埋め立てられ、丘は平坦にならされ、その場所とともに永遠のかけらも単なる偶然の出来事と化したにちがいない。それがどうしたというのだ！　小屋暮らしをすることにまだ次のような意味があるならば。すなわち、この世のあらゆる住居が束《つか》の間のもの、必ず滅びるものであると認識すること、いかなる住まいも私たちの墓とは似ていないという事実、そして生命はたえまなく

〔個体という〕住まいを転々と移ることと引き換えに成り立っているという事実を知ること——そのような叡智が小屋暮らしに残っているならば。

時折、ソローはウォールデンの湖で夜釣りをする。湖の中央までボートを進ませ、深さ四〇フィートのあたりに錨《いかり》を下ろし、水面にさざ波を立ててうごめく無数の小さなスズキやシャイナーに取り囲まれて月明かりの下にいることは、奇妙でありまた貴重な体験だと彼は言う。「やがて、ゆっくりと〔両手で〕糸をたぐり寄せると、角のあるナマズがキーキーと声をあげ、身をくねらせながら水面に姿をあらわす」〔『森の生活』飯田実訳、下巻一一頁〕[04]。だが、このソローの文章の釣り鉤《かぎ》に引っかかった私たちの体験もまた同じように奇妙なものだ。当初そこには私たちを引きとめるもの、私たちの関心を引くものは何もないように思われた。釣りは趣味ではないし、湖の世界はたいてい私たちには無縁で、近寄りがたいものでさえある。だが、私たちはソローの文章を読んで実に独特な楽しみを見出した。それも長続きする楽しみを。この湖の場面を読んだ途端、消しがたいと分かる痕跡が私たちの記憶に刻まれたのだ。そこに『ウォールデン』の秘密がある。体験をもたらす書物の力が。それは魚の世界と釣り人の世界を一挙に感じさせながら、両方とも同じように窺い知れないものとして示し、その隔たりの感覚に読者をとどめおいたまま、私たち自身の深い水から私たちを引き上げるような力である。

ソローは続けて述べている。「暗い夜などはとくにそうだったが、思考がほかの天体の広大かつ宇宙進化論的な諸問題へとさまよい出ている折りなど、こうした夢想をさまたげて、ふたたび私を「自然界」へとつなぎとめるこのかすかな引き、、を感じるのは、かなり奇妙な経験であった。今度は釣り糸を水中に投げおろすばかりでなく、空中へ投げあげてもいいような気がした。水のほうがさほど密度が濃いというわけではないのだから」〔下巻一一頁〕。ウォールデンの釣り人は夢想家だ。とはいえ、たえず現実に呼び戻され、生の作用に敏感な覚醒した夢想家、いわばバシュラール的な夢想家だ。無数の魚がぴちぴちと跳びはねる感覚、釣れる瞬間のかすかな引きの感覚、そういったものが彼のうちに、地上の深遠なる神秘と天上の深遠なる闇とのあいだにぴんと張られたあの広大な糸を震えさせる。夢想から現実へと呼び戻されたこの経験を、ソローはふたたび〈自然〉につなぎとめられると表現している。

この言葉は『ウォールデン』全体の標題に掲げられるにふさわしい。またこの釣りの場面をソローの企ての紋章とみなすこともできるだろう。錨は孤独者の小屋を象徴し、夜の湖と空はウォールデンの世界そのもの、すなわちソローが〈自然〉と名づける即自的な世界を表すだろう。

ソローは〈自然〉という語に一見きわめて単純な意味を与えている。彼にとって〈自然〉とは、人間を除いた世界全体にほかならない。この書物の特殊性は、動物界と植物界の接点が中心となり、人間はその周辺を占めるにすぎないというところにある。マサチューセッツ州コンコードのすぐそばに建てられた小屋は、村を周辺地帯に、人間の生活を郊外に変えてしまう。人間の立てる音、枯れ葉の絨毯《じゅうたん》を一瞬横切る足音は、その足もとから逃げ去るマーモットや飛び立つツバメほどにこの世界の秩序を乱しはしない。ウォールデンの風景から人間というものが完全に姿を消したわけではなく、立ち現れてはすぐさま消え去るその影がなおも漂っている。が、それらはどれも似たり寄ったりの、交換可能な、いわばほとんど動物と化したような人間、少なくとも距離をおいて眺められた、あるいはすりガラスをとおして見られた人間である(この不透明感についてはまた後で触れることになるだろう)。〈自然〉と呼ばれるものはそれゆえ小屋の周囲に息づくこの奇妙な生態学実験室のことであり、生きとし生けるものの多様かつ多勢の出現によって小屋は四方八方から爆撃の脅威に曝《さら》されている。

みずからの住まいを中心として、そこに固有の宇宙を築き上げようとするあらゆる偉大な居住体験についても同様である。ブヴァールとペキュシェ――彼らもまた〈住まい〉の経験論者だ――もシャヴィニョルの家の内部に入るやいなや同じことをする。そのようにまるで宇宙を創造するかのようにある住まいに根を下ろすことが本質的に狂気と結びついていること、この点はほとんど疑う余地がない。おのれを「国一番の狂人」と自認するソローはそのことに意識的である。が、それはいわば一段上の狂気であり、通常の狂気を超越し、それを昇華するような狂気だ。通常の狂気はと言えば、居住していると思い込みながら実際には壁を建てているだけで、世界を打ち建てているわけではない人々に備わるありふれた錯乱である。それゆえソローが『孤独な散歩者の夢想』の系譜を引き継いでたびたび祈りをささげる〈自然〉とは、天与のものというよりはむしろつねに生成状態にある思考の産物、思考が建設し構築するものなのだ。

建てるということ、それこそ『ウォールデン』の企てを表すキーワードのひとつである。この企ての始まりとなるのは、建てるという意志的な行為《アクト》である(公証人が作成する証書《アクト》といってもよい)。紛れもないこの仕事の開始にもまして、率直にして断固たる決断があるだろうか。「一八四五年三月の末ごろ、私は一梃の斧を借りてウォールデン湖畔の森にゆき、かねて家を建てるつもりだった場所のすぐ近くで、矢のようにまっすぐな高いストローブマツの若木を何本か、建築用材として伐採しはじめた」〔上巻七六頁〕。生々しい決断。この決断に先立つ説明や動機づけとなりうるものは一切なく、それをなんらかの演繹ないしは帰結とするようなものは何もない。この最初の行動を起こした日、年、場所を呼び起こすたびに、ソローは蘇り、決意を新たにするのだ。その時の状況を書き記すことによって湧き出る力は無尽蔵であり、そこから滔々《とうとう》と流れ出る文章もまた尽きることがない。決断することがこの力を現実のものにする。断ち切るという決断——というのもここでは断絶から始めることが問題だから——それは、さもなければ、かくも曖昧なまま、かくも一貫性がなく、かくも漠然としたものとして私たちの内にとどまるであろう無意識的な決定のひとつに、明確な行為を与えることである。言葉では表現しえない何かに由来することを実行することで、表現しえないものそれ自体と訣別《けつべつ》するのだ。まさしくそこから堰《せき》を切ったように溢れ出る激流のただなかで書きつけられた文章が生まれる。小屋を建てること、本を書くこと、両者は以後、固く結ばれることになるだろう。

そして今や、私たちもまたどのように仕事をなすべきかを知るだろう。私たちを導く無言の力に従うだけでよい。たとえば斧《おの》を手に世界の森に分け入って、ささやかな殺戮《さつりく》を繰り広げるだけでよいだろう。殺戮というのも、この始まりは荒々しい行為なしで済ますことはできないからだ。若い松を切り倒し、生命の若さとエネルギーを破壊しなければならない……　こうした仕事の端緒において、どんなヒューマニズムよりも本質的な、それよりはるか昔の人類学的真理が発せられ、私たちに最も現代的な思索を強いるのだ。つまり、世界に住処《すみか》をもつために、人間は世界を変形し、部分的に破壊せざるをえないということ。この真理を、ソローは彼の武勲《いさお》をとおして反芻《はんすう》し続けるが、それを言葉で表現しようとしてはいない。それは彼の問題提起の資本となり、彼の喜びの地平をなすものだ。決して彼は忘れないだろう、最初の瞬間のこの野蛮な味を、作品という文明の衣装のもとに覆い隠されたこの残酷な傷跡を。枯葉の擦《こす》れる音、獣の吠え声、湖水から引きあげられた「角のあるナマズ」の叫び声を。小屋はそれらの貢ぎ物でできており、作品はそれらの血と叫びの混淆からなっている。ボードレールにわずかに先立って、ソローが二重の請願、すなわちみずからを存在が消えるほどの精神的な高みへ導くと同時に、なおも生暖かい肉体の卑しき嗜好《しこう》へと向かわせる二重の請願について述べたとき、彼は私たちに『ウォールデン』を読み解く鍵のひとつを渡したのである。つまり、彼自身が作品の素材なのだということ、自分の外に小屋を建てるのと同じく自分の内に命あるものを築き、おのれの食欲の度合いを見定めることにより、あらゆる作品の食餌療法を発見するということだ。

ソローの体験における最初の荒々しい行為はまず自分自身に対して行使される。切り倒された若松が示すのは、このコンコードの一市民が断ち切ることを決断した社会との絆にほかならない。それは断絶の規律とでもいうべきものであり、まもなく社会全体へと拡張される。村の小さな共同体は人類そのものの換喩である。以後、ソローが人間社会と保つことになる奇妙な関係(いわば昆虫学的とも形容すべき)は、この最初の本質的な犠牲、つまり人類共同体へのあらゆる帰属を撤回することに基づく。若松の伐採が予告ないし象徴する断絶とはおそらくそのようなものだ。木を切り倒す者は、その行為の劇烈さにより、みずからの内で共同体の樹液の流れを止める。ささやかな小屋を建てるための木材《ティンバー》は、実は〈都市〉と〈国家〉と文明全体に対する堅固な要塞を築いているのだ。この意志的な切断、この非社会的な契約に基づいて、孤独者は世を捨てることにより、しがらみから解かれた言葉を用いて仕事に取りかかる。

　ソローは文学における孤独者たちの大いなる系譜に属している。いくつもの系統に枝分かれし、それぞれ異なる発展を遂げながら、他者なき者たちの遺伝子によって結ばれた家系。他者をもたないという本質上、自分たちの共同性を知るはずもない奇妙な家系、とはいえ時代と文化を越えて、秘かな親縁性により、いわば孤独者たちの星によって結ばれた家系。ある人々（たとえば『〔孤独者の〕夢想』の「第一の散歩」におけるルソー）は孤独という憂鬱な星のために開いた傷をみずから抉《えぐ》り、あたかもその星をいっそう烈しく輝かせようとするかのように、その傷を深く掘り下げる。彼らは〈悲嘆に暮れた〉人々、おのれを憐れむ情熱家だ。またある人々(ネルヴァル、シューベルト……)は、微笑みかける小さな星と彼らを隔てる凍てついた距離を測り続けてやまない。歴史上の偉大な〈見捨てられた〉者たち、不可能な牧歌の夢に取り憑《つ》かれ、現実に打ちのめされた者たちだ。他の人々はそれとは反対に、おのれの力とそれゆえの孤独に陶酔する(ニーチェ)。ヴァレリーに言わせれば「誇大妄言狂《メガストマニ》による孤独者[05]」である。さらにまた、唯一の天の灯火というべき孤独を闇路の導きとして出発する者たちもいる。隠遁者《いんとんしゃ》であり――活動的で、大胆な、真の孤独の建造者。小屋と夜空に輝く星と幾千の風の声に特別な昂揚《こうよう》を感じる者たち。ソローはこの最後の系統に属している。

彼はこう書いている。「突然私は「自然」が――雨だれの音や、家のまわりのすべての音や光景が――とてもやさしい、情け深い交際仲間であることに気づき、たちまち筆舌につくしがたい無限の懐かしさがこみあげてきて、大気のように私を包み、人間が近くにいればなにかと好都合ではないかといった先ほどの考えはすっかり無意味となってしまい、それ以来、二度と私をわずらわせることはなかったのである」〔上巻二三七頁〕。

距離が接近の方途となることもある。遠ざかることによって結びつくこともある。ソローの隠遁がそうだ。人間社会から離れてウォールデンの孤独者はあらゆる隔たりの真義を測定する[06]。彼の注意はもはや〈他者〉——私たちがまことしやかな仕方で接触すると思いこんでいる〈他者〉——に向けられるのではなく、私たちと〈他者〉を隔てる空間に向けられる。相対的なものとしてみれば、この他者との距離は、湖や太陽や野に咲くたんぽぽとの距離、あるいは私たちを私たち自身から隔てる距離と同じほどに乗り越えがたいものと思われる。それ以下でもそれ以上でもない。私たちの世界は第一にそれが諸々の地点とどれほど遠ざかっているかによって決まる、とソローは言う。このように普遍化されることにより、距離はニュートラルなものとなる。一切は一切から等しく離れ、離れていること自体が意味を失う。いたるところに認められる隔たりはもはやいかなるところをも怖れさせない。それこそがおそらく孤独の本質なのだ。空間の隔たりという意識を研ぎ澄ませることにより、最後にはその隔たりに対して無頓着になる。それゆえ真の孤独者は、実のところ、みずからの孤独を決して知りはしない。彼はあるひとりの孤独者ではなく、孤独そのものを、世界を織りなすこの本質的な孤独——身体の分離——を体現するのだ。ブランショはこう書いている。「孤独は存在しない、もし孤独と呼ばれるものがそれ自体を解体して、孤独者を多様な外部にさらけ出さないならば」（『災厄のエクリチュール』）[07]。

かくして孤独な人間は自分自身が発見した姿のとおりに世界をふたたび創りあげる。それはこのうえなく明晰《リユシッド》な世界(ほとんど半透明《トランスリユシッド》の世界に対する明晰なヴィジョン)であり、分離の法則が私たちの関係を統べている。だが、それはまた完全に自己中心的な世界でもある。あらゆるものは自己から等距離に置かれ、それらが形づくる円のなかで自己は当然みずからをその中心とみなす。小屋とはいわばこの中心的な自己を具現するものである。たとえば嵐の夜、扉のそばに腰かけた孤独者はさながら天の夢幻劇の創造主になったかのようだ。が、実際には、どこへ行こうが何をしようが、彼はつねに自分ひとりによって自分ひとりのために建てられた宇宙の中央を占めるにすぎない。

この宇宙は、これまでもしばしば指摘されてきたように、私たちが文学と名づける宇宙である。本章の冒頭で、釣り針にかかった「角のあるナマズ」さながら、おもわず読書に惹きつけられた私たちは、まさしくいくつかの条件を満たすテクストの魅惑に捉えらえたのだ。

それらの条件のひとつは、特定の場所におけるきわめて些細《ささい》な体験と巨大な渦巻く宇宙とのあいだに、ぴんと弓を張ったような結びつきがあるということだ。それこそ、ごく短い作品であれ長大な作品であれ、私たちに「文学的」な企図を認識させるあらゆる発話に共通する唯一の点ではないか。言い換えれば、最も身近な事物とそれらを包みこむ遥《はる》かな宇宙とを同じひとつの動きによって活性化するということ。このふたつの次元、ふたつの空間に言葉が同時に響きわたり、ニーチェが問い続けるあの本質的な存在論的距離を掘り下げるということだ。ウォールデンが描く孤独な自己を中心とする世界に、文学の力が備わっているのはそのためである。文学とはこの意味で、言語を後ろ盾として現実から距離を置こうとする営為にほかなるまい。と同時にそれは、人々を隔てる距離を横断し、世界に対する私たちの関係の基盤をなすあらゆる隔たりを乗り越えようとする営為でもある。「力《ピュイツサンス》」や「侵犯《トランスグレツシヨン》」という言葉が示すように、文学というものは決して、そこに定住するための表現力あるいは表現形式の一ジャンルではない。ソローを読めば、ウォールデンの空のもとに描き出される体験のすべてをじっくり味わえば、私たちはその体験をあらゆるジャンルの区別(たとえば文学と哲学)に先立つものとして理解するだろう。刻々と移り変わる偶然の符合や不測の出会いに恵まれた土地として、稲妻のように強烈でありながらいささかも決定的ではない気候として。この作品は表現形式や思考体系などではなく、いくつかの潜在的な条件が結晶化したものなのだ。

ある冬の日、ソローは凍った湖面にうっかり斧を落としてしまい、カワカマスを釣るために氷面に穿ったばかりの穴のなかに斧が落ちてゆくのを目にする。「好奇心から、氷の上に腹ばいになって穴のなかをのぞいてみると、やや脇のほうに、頭を湖底につけ、柄をまっすぐに立てた斧が、湖の鼓動につれてゆっくりと揺れているのが見えた。放っておけば、斧はそこに立ったまま、やがて柄が腐って抜け落ちるまで揺れ続けたことであろう」(下巻一五―一六頁)。腹ばいになって湖底に目を釘《くぎ》づけにする人間は何を見るのか？別の世界、別の時である。彼が見るのは湖の鼓動、彼が侵入するようにしてその片隅を占めた湖の脈打つ体であり、また長い時間を経て物が腐敗してゆくさまである。一瞥《いちべつ》のうちに、湖の脈動と悠久の時間という遙かなふたつの力が、急に手に届くところに現れる(実際、彼は斧を救い上げるが、それはあたかも詩的な次元において、オルフェが失敗したところで彼は成功するかのようである)。私たちが「文学」

と名づけるものは、この『ウォールデン』の一節に即して言えば、言語行為をとおして複数の時間、空間、感覚を同時かつ瞬時に垣間見ることにほかならない。この湖底への落下。この悲劇的局面《カタストロフィ》。

ソローの語り口、暖炉のそば——あるいは森のほとり——における彼の尽きることのない話には、言葉と出来事のあいだに生じるこうした不意の出会いを準備するための長い待機の時がある。この注意深い待機の状態はたちまち捕捉の瞬間に変わる(斧の覗き見《ピープショー》において私たちも捕まえられ、捉えられる)。その注意力の中心となり象徴となるのは、見張り場としての小屋である。謎に包まれた小屋(私たちはそれについてごくわずかなことしか知らない)はいわば外と内の境をなす媒体《メディオム》であり、警戒感、観念、知、規律などの交差点に建っている。待ち伏せし、耳を澄ますかのような小屋。そのささやかな造りのうちには、きわめて感度の鋭く、実に多くの連結を生む感覚器官がひそんでいる。この複合的な生命体、そこにはあらゆる感覚器から伝達される情報と言語活動に固有の創造力とが流れこみ、両者が相関して助けあい、導きあい、養いあい、築きあっている。

ウォールデンの湖底で斧がゆっくりと揺れうごく光景の魅力は、単に観察の鋭さによるのではなく、繊細なゆらぎをたたえる文章《フレーズ》に起因している。Its helve erect and gently swaying to and fro with the pulse of the pond〔柄をまっすぐに立てた斧が湖の鼓動につれてゆっくりと揺れている〕——凍った言語に穴が穿たれる。言語深部のゆらぎを垣間見せる開口、その自律的な鼓動に注がれた一条の光。何かが脈打ちはじめる。この間近に穿たれた深淵を見つめる目はまもなく閉ざされ、行動が、そして行動とともに叙述がふたたび始まるだろう。だが、この一瞬のうちに私たちは理解するのだ。斧の水没ほどに輝かしく奇妙な挿話が現れるためには、それに先立つとめどない話が必要であったということを。

ある種の作品は観念から出発し、あたかも財産を使い果たすかのように観念の埋蔵力を極限まで展開しようとする。それらは徹底的に作り上げられ、堅固な構成を備えた、輝かしい記念碑のごとき作品、いわば観念という原子力の究極の顕示、その解放、その爆発であるかのような作品である。また別の作品はそれとは反対に、創造するという本質に起因し、漠然とした衝動に基づいて生み出される。あらかじめ計画を練ることはなく、なりゆきまかせの放浪に身をゆだね、ランボーがそう言うであろうように、詩神《ミューズ》の見守る空の下、ただひたすら歩いてゆく。このような振る舞いは、過度な不安をもたず、子供っぽさに溢れ、みずからの生を冒険にゆだねる最高次の天真爛漫《らんまん》さを必要とする。

ところで、ソローが『ウォールデン』を推敲《すいこう》していたちょうどその頃、別の地ではシューマンがソローと同じほど予見不可能な道に無一文で乗り出していた。あたかも何か同種のものが此方と彼方で探求され、溌剌《はつらつ》として気まぐれなそぞろ歩きが双方の作品の目的となっているかのようだ。予期せぬ生成の驚きに身をさらすもうひとりの森の測量士、もうひとつの『森の情景』[08]に取り憑かれた人シューマン。彼もまた、ソローと同じく、創造力をみずから導こうとするよりは、彼自身を貫く力に身をゆだねようとする。

　彼らの体験を幻覚にとらわれた漂流のようなものとみなすべきではない。まったく逆である。ソローの言葉ほど思慮深いものはなく、シューマンの書法ほどその道に精通したものはない。ディディエ・アンジュー〔二十世紀フランスの精神分析学者〕が提起した区別を借りて言えば、彼らの作品は〈作られた物《プロダクト》〉よりも〈作る過程《プロセス》〉を際立たせるものなのだ[09]。そしてその生成過程に私たちを引きとめるのは、無

意識の混沌(森のごとき)を示すある種の配置であり、また
その配置自体の散失である。
この無秩序状態は——少なくとも私たちの現代性《モデルニテ》がそう
信じさせるところでは——言葉が生み出される重要な契機
となる。想像もつかないものが湧き出るこの状態は、なに
ものによっても予見されない表現を求める。かくして予想
不可能なものが形成され、それを偏愛するような同種の作
品が集まる。が、まさしく当の現代性《モデルニテ》がこの予想不可能な
ものを多用するあまり、それはありふれたものとみなされ
るようになる。異常さに慣れきった私たちはいつしか異常
さを当然あるべきものとして期待するようになり、その結
果、予想不可能なものはまったく予想可能な事態となって
しまう。
だが、『ウォールデン』において問題となるのはそれとは
別のことである。予想不可能なことではなく、不可能なこ

、とである。ニーチェ曰く——「不可能を可能として描く〔……〕ことによって、人間が爪先で立って内心の快からどうしても踊らずにいられないときのように、非常に陽気な自由の感情をもたらす著作家がある」[10]。ソローはこの種の作家にほかならない。

『ウォールデン』において不可能なことは瞬間にそなわる力と結びついている。ソローは孔子の言葉を自分流に言い直し、「おなじ種類のチャンスは一度しか訪れない」〔下巻一〇〇頁〕と述べている[11]。唯一想定される不可能なこと(すなわち同じ瞬間がふたたび生じることの不可能性)は各瞬間における可能なこと(不可能なことではなく)から必然的に導き出される命題にほかならない。こうした考えは、アメリカの文学、思想、さらには国家の発展についてのユートピア的な考察の基盤となるだろう。まさしく歴史が繰り返さないからこそ、『ウォールデン』は私たちにとって世界のニュース――〈新世界〉のニュースとなりうるのだ。
『ウォールデン』のユートピアはそれゆえ、プラトンからルソーにいたるユートピアの典型のきわめて古い伝統につらなっている。ユートピアが典型的であるのは、それが汲《く》みつくしえぬ時の原初性を表わしているからだ。たとえばソクラテスは『ゴルギアス』の最後で、裁きの場の典型的な光景を繰り広げ、最後の審判の神話について語るとき、自分の話の真実性をあらかじめ保証しようとする。ソクラテスはこう言うのだ。「では、聞くがよい、世にもすばらしき物語を……と、ぼくは語部《かたりべ》をまねて、この話をはじめよう。これを君は、きっと作り話《ミュートス》だと考えるだろうと思われるが、しかしぼく自身は、ほんとうの話《ロゴス》だと考えているのだよ。と言うのは、ぼくは、これからはじめようとしている話の内容を真実のことと見なして、君に話すつもりなのだからね[12]」。これをソローの言葉に言い換えるなら、信じられないかもしれないが、あるいはもっと直截《ちよくさい》な口調でいえば、信じてくれ！　となるだろう。不可能なこと（『ゴルギアス』では、肉体という着物を脱ぎ捨てた裸の魂が他の裸の魂を裁くことはできないということ）について話そうとするやいなや、私たちは可能なことについて話すことになる。つまり、〔不可能なことを話す話者を〕信じる可能性について、言い換えれば、預言の力について。私たちが不可能なことについて話すのは、まさにその可能性を支える信頼に訴えるためにほかならない。『ウォールデン』はこの逆説を例証するものだ。

　この書物は、単純な生活という集団で共有される状態をそのうちの一個人――ソロー自身――において実験することを、いわば漸近線が近づくような仕方で目指している。もっとも、その目標――大雑把に言えば「野生状態の人間」

――が永久に失われてしまった以上、一部が全体に値することは決してないだろう。とはいえ、この不可能な野生人の復元は、『ゴルギアス』の最後の場面と同じような預言的な説得を伴う。つまり、書き手に、人類全体を前にした保証人という地位、本来の意味での作者《アウクトル》〔＝創始者・保証人〕[13]という地位を与えるためのひそかな信頼請願書となるのだ。『ウォールデン』の試みには、文明の衣装を脱ぎすてた裸の人間の知という真理が見出される。だが、この真理は原始的な知の次元にのみ属するわけではない。ソローによれば、それは、触覚、感覚、身体全体がふたたび到達しうる真理でなければ意味がない。まさしくこの点で『ウォールデン』は見本としての価値をもつ。『チャンドス卿の手紙』にも似て、人間は骨に帰すという真実が、もっとも物質的な現実に、またそれがかき立てる陶酔に結びつくのだ。そして、ホフマンスタールにおけるのと同様、取るに足りないものであると同時に形而上学的なこの真理を打ち立てるには、ある飛躍が、ある回心が必要となる——読書が礼拝堂となり、作者《オトウール》＝役者《アクトウール》[14]がその証人となるような回心が。なぜか？　なぜそのような飛躍あるいは回心が必要なのか？　ソローが『ウォールデン』において探し求める真理はなぜ、ただちに明瞭な言葉として伝達されえないのか？　野生状態の体験をとおして一体何が築かれるのか？

距離をはかる普遍的観測所というべき小屋はまた、時間の実験室ともなる。日常的な時間の外に位置しながら、小屋はさまざまな時代の地層を同時に照らし出す。「鍬《くわ》を使ってさらに新しい土を畝に寄せる仕事をしているとき、私は、太古のむかし、この大空のもとに住んでいた、年代記にも出ていない民族の遺骨を掘り起こしてしまったり、彼らが戦争や狩猟に使った小さな用具を、現代の白日のもとにさらけ出してしまったりした」〔上巻二八三頁〕。いわば時代を刈り取るこの作業は固有の音を立てる。鍬が小石にあたって響くこだまは「私の労働の伴奏」となり、そこから「たちまち計り知れない収穫がもたらされた」〔上巻二八三頁〕。ソローはまさしくこの草刈りの音楽を思い出して愛おしみ、みずからの文章において復元しようとするだろう。

そこには、チャンドス卿が描いた昏睡《こんすい》状態にも比すべき何かが生じている。こうした太古の時代との出会いを言語によって表現するには、ある隔たりを、不可避的な遅れを伴わざるをえない。『ウォールデン』における半過去時制[15]の用法が示唆するのはまさしくこのことである。次々に出来事を喚起しつつ、いわばそれらに影を落としてゆくこの時制は、不透明な靄《もや》のようなものを生み出すことにより、物質的な変容ともなれば時間的な瞑想《めいそう》ともなる。

ある意味で、チャンドス卿とソローは同じ冒険を描いている。両者とも存在全体が宇宙的な生命の循環に参与する体験を語っている。ソローは次のように書いている。「心地よい夕べだ。全身がひとつの感覚器官となり、すべての毛穴から歓びを吸いこんでいる。私は「自然」の一部となって、不思議な自在さでそのなかを行きつ戻りつする。〔……〕「自然」を構成するすべての元素がいつになく親しみ深く思われてくる」〔上巻二三三頁〕。他方、ホフマンスタールはこう述べている。「当時は、ある種の陶酔の持続のうちにあって、存在全体が一箇の大いなる統一体と見えていたのです。精神と肉体の世界が対立するとは思えず〔……〕すべてのもののうちにわたしは自然を感じていたのです〔……〕生の全幅にわたって〔……〕そうした状態がつづき、どこにあってもわたしは生のまっただなかに〔いたのです〕」[16]。このような溢れんばかりの地上の糧には明らかにルソーの声のこだまが聞き取れるが、ソローとホフマンスタールはそれを激しい宇宙的渇望をもって吸い込むのだ。一八九七年〔ジッド『地上の糧』の刊行年〕、若きジッドが凄まじく歌い上げるのもまさしく同じ渇望にほかならない。彼らが体験するのは自己が世界と一体となる牧歌的理想《イデイル》であり、人間と事物のあいだにいかなる障壁も介在しないような宗教的交感《コミユニオン》なのだ。

ソローとホフマンスタールが描き出すのは同じ物語だが、それらは時間という点で別様に提示されている。ウォールデンの冒険は一時しか続かない。ひとつの人生において試みられたその冒険は、日常生活のなかにいわば括弧を開くような例外的な時である。観測所としての小屋、実験室としての小屋は、そこで行われることが見本としての性質をもつことを示している。この例外的な時は人生のある任意の断片をなすのではない。それはいつでも立ち返ることのできる地点、奥行きのある背景、ある真理を明らかにするのだ。一八四五年七月四日[17]は、日常的な時間の外に向かって一時代の幕開けを告げ、新時代を照らし出す記念すべき日となる。

チャンドス卿においては、意識と世界の調和はまったく別の、むしろ真逆の作劇法《ドラマトゥルギー》に基づいている。そこでは例外的な時とは言葉を失う時である。『手紙』の主人公はかつて「陶酔の持続のうちに」生きていたが、今や無言と別離の時代に陥っている。在りし日に体験した世界への美しい没入=感情移入《アンパティ》、それも今や氷河期の時代に崩れ落ちている。ごく単純な光景《スペクタクル》が言葉を絶するものとなり、それを眺める者のうちに底知れぬ沈思が、それを表現するための言葉をもたないだけにいっそう愕然《がくぜん》とした沈思の深淵が穿たれるのだ。

とはいえ両者は、このような相違はあれ、同じことを確認するにいたる。すなわち、世界が澄み切ったものになるのは一時的な恩寵であるということ、また言語はその恩恵をそれが湧き出る瞬間において捉えることはできないということを。この二重の幻滅――ブランショが「災厄《デザストル》」と名づけたもの――は二十世紀に繰り返し問題となる。注目すべきことに、ソローはこの点について悲壮《パトス》感を伴わないヴィジョンを時代に先駆けて提示した。それはおだやかなヴィジョンであり、記憶が遠のいてゆくとしてもそこに悲劇的な染みがつくことはない。この静謐《せいひつ》、この歓喜は一体何に由来するのだろうか。

『ウォールデン』には二種類の時間がある。一方に、ある日とか一度といった表現によって示される点的な時間があり、他方に、過去時制によって示される反復的な時間がある。が、途切れることのない語りのなかでふたつの時間は混ざり合っている。たしかに「一度」は「いつも」を意味しない。が、たった「一度」の状況を物語るウォールデンの世界には、その驚くべき一回の出来事の背後に限りない可能性が秘められていることを読者は察知する。「一度《ワンス》」は一回かぎりの出来事というよりも、またとないものであると同時にふたたび起こりうるような、ウォールデンの豊かさを物語るあらゆる出来事を暗示している。いわばベルクソンがウィリアム・ジェイムズについて語った「現実の過剰」[18]が、隔絶されたウォールデンの地において、生起する出来事がはらむ異常なまでの豊饒《ほうじよう》さをとおして現れるのだ。重要なのは、生気のない持続とそれを際立たせる特別な瞬間を区別することではない。そうではなく、もっぱら過去形で書かれていながらウォールデンの世界には過去の次元がほとんど皆無であり、時のモナドが沸騰するかのような永遠の現在が活気づいている、そのことを感知することが重要なのだ。泉のように湧き出で、火山のように噴出する現在。絶えまない生起《エーウェニット》。それぞれの場面における注記や考察によって固定された一瞬一瞬は、しかしながら決して閉ざされることなく、いわばポリフォニーの効果のうちに反響しあい、そこから不断に刷新されると同時に構造的には不動にみえる時間という観念が浮かび上がる。「アビ[19]」と名づけられたあの水鳥と一緒に主人公が湖面で遊ぶ様子を見てみよう。

「突然一羽のアビが私の数ロッド前方〔一ロッドは約五メートル〕を岸辺から湖の中心に向かって泳ぎ出し、例の野性的な笑い声をあげて自分のありかを暴露してしまった。私が漕いで追いかけると、すぐ水にもぐったが、またあらわれたときには前よりも近くなっていた。すると彼はまたもや水にもぐった。ところが今度は私が彼の進もうとした方向をとりちがえてしまい、再度浮上したときには五十ロッドも離れていた。私は距離をひらく手助けをしてしまったのである。彼はまたもや長いこと大声をあげて笑っていたが、前にもましてそうするだけの理由があったわけだ。彼はじつに巧妙に動きまわったので、私はどうしても六ロッド以内には近寄れなかった」〔下巻一一五－一一六頁〕。

こうして始まった人間と動物の競技はたちまちアビの笑い声によってゲームの様相を呈する。「それはなめらかな湖面において、人間がアビに挑んだ愉快なゲームだった。突然、相手の駒がチェッカー盤の下に消える。問題は、それがふたたびあらわれそうな場所のなるべく近くにこちらの駒を置くことである」〔下巻一一六頁〕。このようなゲームでは人間はすぐさま劣等感を味わうことになる。瞬発力も、視力も、持久力もなさすぎる。相手はと言えば、稲妻のように素早く、なにものも見逃さず、疲れを知らない。とはいえ、この不釣り合いな勝負をするうちに競技者のあいだに真の共謀関係が生まれる。「彼が頭のなかでなにか思いめぐらしているとき、私のほうでもそれを読み取ろうとやっきになっていた」〔下巻一一六頁〕。アビの策略と皮肉、ゲームへの適性とそこから得ているようにみえる楽しみ。水鳥に適用されるこうした擬人化をとおして、今度は逆に人間が動物の世界に入ってゆく。湖面のここかしこに笑い声を立てながらアビが躍り出るそのさまは、いわば現在という時の噴出するかのごとき過剰な性質を表わす一方、ほとんど乱されることのない湖面の静けさは時間の不変性を象徴すると言えよう。アビのゲームを物語る数頁に、『ウォールデン』の作劇法のすべてが、この書物の噴火性の一切が凝縮されていると言っても過言ではない。この挿話はまた、距離に対する注意と接近の試み(まさしく動物になること)を示し、文学という言葉に独特な意味を与えるものでもある。

一見きわめて単純にみえるこの書物の真実がいかなる点で表現しえないままにとどまるのか、また野生生活を称賛する書物が同時に私たちを野生生活から隔絶する壁となるのはなぜなのか、今や私たちは納得する。というのも、動物になるということは、チャンドス卿が示唆するように、未知の言語を発明することにほかならないが、それはまた完全に動物になりきってしまうことを私たちに禁じているものを体験することでもあるからだ。

ウォールデンの小屋は、いわば人間界と動物界のあいだの薄膜である。森の住人はそこで全感覚をとおして他なるものに触れ、自分の人間性の一部が消えてしまうような感覚をおぼえる。水陸両性のアビが一方の世界から他方の世界へいかにも楽々と移行するそのさまは、櫂《かい》を手に舟を漕ぐ人間にとって、境界を越える夢の理想の姿となるだろう。その笑い声は蠱惑《こわく》的なナイアスやセイレーンたちのものではないか？　それは誘《いざな》い……飛び込むことへの誘いではないか？　だが、境界を越えることはできない。同類から遠ざかれば遠ざかるほど、言葉と社会（コンコードの客間）[20]という二重のサークルから離れれば離れるほど、孤独者はこの小屋という薄膜が何も通さないということを理解する。というのも、他なるものの多種多様な姿にどれほど共感しようとも、私たちは結局のところ〈天地創造〉のただなかに流《る》謫《たく》したかのような感情に連れ戻されるからである。言葉は私たちを未知なるものに触れさせるが、その瞬間、それを見えなくしてしまう。この意味で、ソローのエコロジーほど、混迷に導く議論や「グローバル」主義から懸け離れたものはない。彼の内に息づく自然主義者《ナチュラリスト》は、〈自然《ナチュール》〉とはさまざまな性質《ナチュール》の無限の差異にほかならないことを熟知している。私たちが望みうることはせいぜい、種々の生物界のあいだのわずかばかりの疎通（「よい間柄《ボンヌ・アンテリジャンス》」）である。スズメバチは冬ごもりの場所を求めて小屋の窓や壁や天井にやって来るだろうか？「私は「……」わざわざ彼らを追い払う気はなかった。むしろハチたちが、私の家を好ましい隠れ家と思ってくれることに気をよくしていたのである」〔下巻一二四頁／傍点引用者〕。すべてはものの見方なのだ。考え方、適当な距離の取り方、適切な調節の仕方、とりわけ私たちが動物界とかかわる際に知覚と思考をうまく調整できるかどうかという問題なのだ。

たとえば、野生の猛獣をどのように見るべきか？　これこそ真にエコロジーが問うべき問いである。この問いがエコロジーの限界を越えるがゆえに、また倫理学《エティック》と美学《エステティック》を経由してふたたび生態環境学《エコロジー》に舞い戻るがゆえに。さらに問いを深めるならば、私たちの外にある野性とおなじく、私たちの内なる野性をどのように見るべきか？　というのも、野性はよそ者ではないからだ。いかに恥じようとも、私たちはそれをむしろごく親しい伴侶のようによく知っている。「野性」とか「野蛮」といった言葉は、それが意味するもの自体から私たちを免れさせるために発明されたのではないか？　私たち自身の一部を外部のものと決めつけ、それを払拭するための方便ではないのか？　ソローはまさしくこの「野性」に「世界の保全」がかかっていることを心得ていた。マルクス・アウレリウスはどこかでこう書いている。「かように宇宙の中に生起することにたいする感受性とさらに深い洞察力を持っている人には、たとえ他のことの結果として生ずるにすぎぬものでさえも、なにか特殊な魅力を持たぬものはほとんどないように感ぜられるであろう。彼は現実の野獣が口をあんぐりあけたのを見ても、画家や彫刻家がこれを模倣して表現する作品をながめるにも劣らぬ快感を覚えるであろう」。さらに続けて言うには、「それは万人の心を惹くていのものではなく、ただ真に自然とそのわざに親しんだ者の心にのみ訴えるのであろう[21]」。『スピノザの生涯』を著したヨハネス・コレルスによれば、この哲学者は気晴らしに、「二、三匹の蜘蛛を捕らえてきて、それらを互いに闘わせたり、二、三匹の蠅を捕らえ、それらを蜘蛛の巣に投げこんだりして、その戦いを非常な楽しみをもって眺め、笑いだすことさえあった[22]」。スピノザの笑いは、「真に自然とそのわざに親しんだ」ことのない人々には謎にとどまるだろう。経験ある人々は、この哲学者が野性を見つめるすべを知っていることを理解するにちがいない。スピノザはこの野性の戦いを全感覚で味わい、それに親近感を抱きうるほど身近に、かつ外の光景として観察しうるほど遠くにその戦場を位置づけている。自分自身との類比《アナロジー》、それこそ笑いの原動力であり、あるまなざしの秘訣なのだ。

ソローはと言えば、コンコードの激戦の唯一の証人であった。とはいえその戦争は、コンコードの小さな美術館がソローの形見の品々の傍《そば》に感動的な展示によって喚《よ》び起こしているあの戦争、つまり一七七五年に独立戦争の幕開けを告げたアメリカ反乱軍とイギリス勢との戦争ではなく、赤アリと黒アリの対決である。

「ある日、積みあげた薪の山〔……〕へ出かけていったとき、二匹の大きなアリを見かけた。一匹は赤アリ、もう一匹はさらに大きくて半インチ近くもあろうという黒アリで、たがいにはげしく争っていた。〔……〕さらに先方を見ると、おどろいたことに、あたりの木切れはいちめんにこうした戦士たちでおおわれており、決闘〔*duellum*〕ではなくて戦争〔*bellum*〕であることがわかった。アリの二種族間の戦争であり、赤はかならず黒と戦い、しばしば二匹の赤が一匹の黒と戦っていた。これらミュルミドン族の軍勢は、私の薪置き場にある丘や谷をことごとくおおい、地面にはすでに赤黒双方の戦死者や瀕死の負傷兵が散乱していた。これは私がかつて目撃した唯一の戦闘であり、戦闘のさなかに足を踏み入れた唯一の戦場であった。まさに大激戦だった。一方は赤い共和主義者、他方は黒い帝国主義者だ。いたるところで死闘をくりひろげているが、もの音ひとつ聞こえてこない。人間の兵士だってこれほど断固として戦ったことはないであろう」〔下巻一〇六－一〇八頁／傍点引用者〕。

　人間の戦闘と動物の戦闘を同一視しているところがまず面白い。だが、スピノザの笑いと同じく、単なるパロディが問題なのではない。空間の遠近法をずらし、歴史のスケールとは異なるスケールに焦点を合わせることが重要なのだ。私たちの目の前で新たな世界が生じる。いやむしろ、いつもの同じ世界が異なる条件下に認められると言った方がよい。同一の別もの。同一のものがその他性において捉えられるのだ。この点で、ソローが大自然と一体となったあの夕べの恍惚《こうこつ》と、アリの戦争を眼前にしたこの驚嘆とを、無縁のものと見るべきではない。こうした野蛮さはほかならぬ私たちの世界に、しかも比喩としてではなく隣接性によって私たちの世界に属している。それは此岸にあるものでも彼岸にあるものでもなく、はたまた隣にあるものでもなく、私たちを取り巻く未知なるもの、私たちの身体内部の襞《ひだ》や地殻の大変動、無限に小さなものあるいは無限に大きなものの生命として存在するのだ。アリはこの襞のなかの生命を証言するものにほかならない[23]。

　アリの戦争はなぜこれほども恐ろしくみえるのか？　私たち人間どうしの争いをまざまざと思い起こさせるからだ。ただひとつ違うのは、物音がしないこと、戦争讃歌がないことだ。戦争の「音楽」――ワーテルローの戦いを描くスタンダールの言葉を借りるなら、砲声という通奏低音《バス・コンティニュ》[24]――

それこそが不条理なものに見せかけの意味を与えるのであり、戦争はみずからの聴覚映像《シニフィアン》で飾られるのだ。まさしくこの砲声を耳にして、ファブリス・デル・ドンゴはみずからの欲望の行く先を知る。「とうとう戦争がはじまったんだ！　彼の胸はいらだたしさにおどった」[25]。それとは反対に、無音の戦いは幽霊じみた様相を呈する。戦争の合理性を支える音響価値が欠けているために。騒音こそが戦争を合理的なものにする[26]。だが、もし狂気が騒音にほかならないとすれば、私たちのうわべの理性については何と言うべきか？　もし私たちの行動のすべてはそれが立てる音によって保証されているのだとすれば、その行動にどんな意味があるというのか？　また言葉というこのうえないざわめき――ワーズ〔Words〕――については何と言うべきか？

　しかしながら言葉は音だけにとどまらない。言葉はまた沈黙に対してもある力をもっている。「ただ言葉だけが、私たちを無言の事物に触れさせる」とジョルジョ・アガンベンは述べている〔『散文の理念』[27]〕。ソローのように叙述的なまなざしでアリの戦闘を観察すること、それは自然界にたえまなく生じる出来事の饒舌を中断させることである。突然、世界の静寂、というよりむしろ世界の無言に耳を澄ます。目撃者である作家はそのようにして、戦闘の話をすると装いつつ、物言わぬ生に触れた体験、本来の意味で言葉を聞き取ることのない世界に近づいた体験を私たちに示しているのだ。言葉はこの無言の世界に触れ、それを呼び起こすが、そのなかに入ってゆくことはない。言葉は、言葉自身の内のもっとも馴染《なじ》み深いところに不気味なものをかき立てるという仕方で、その世界を目覚めさせるのだ。

　こうした世界の無言に耳を傾けるには、意味という森の中心に、小屋と同じくらい簡素な隠れ処《が》を建てる必要があった。自分自身が取るに足らぬもの、未分化のもの、無-意味なものとなるためには、板材と屋根と言語が必要であった。こうした条件が整ってはじめて、人は計り知れぬ時空にその身をゆだね、自分が何を言っているのか判然としなくなり、自分自身の言葉のなかで途方に暮れる。

　個別の自我を消失させ、空間および時間における限界を消し去るような傾向をもつ行為、また誰が、どこで、いつ、といったことを限定せず、意味の確定を避けようとする発話――それらは「詩的」と形容される。まさしくこの意味において、『ウォールデン』は最も広大な散文詩として読むことができる[28]。一般論を述べているようにみえるかもしれないが、この指摘は作品の具体的な効果を説明するのに役立つ。つまり、『ウォールデン』は散文にふたつの異なる方向性を与え、それによって私たちが抱いている散文の観念を刷新するのである。散文とは直線をめざす連続運動、時の推移に寄り添い、言葉を長い逃走になぞらえるような、いわば空間を徐々に満たしてゆく水の圧力のような運動である。が、この散文的な直進運動〔原語 prorsus は散文 prose のラテン語語源で「まっすぐな・直線的な」の意〕は、つねにもうひとつ別の運動と拮抗しながら対をなしている。すなわち矢を射るような、落雷のような運動、はるかな高みからある細部、ある単語に突如襲いかかる運動と。いわば広大な森を鳥瞰《ちょうかん》しつつ、茂みの奥にひそむ小動物を突き止める鷹《タカ》のごとき散文。あるいはアビのごとき散文[29]……。ある単語が突然予期せぬ立体感を帯び、地表の起伏が大陸の大きさになる。かと思えば、国は庭のサイズになり、全世界はマーモットのテリトリーとなる。言葉はたった一文でこのうえなくユーモラスなものとなる。「私はコンコード〔の町内〕を大いに旅した」といった具合に。こうした散文の複雑さは美学的かつ宇宙発生論的な企図、すなわち世界を原子に還元し、原子から世界を再構成するという企図に対応している。それは私たちの時代の主要作品のいくつかが各々の手段と独自性をもって示している企図にほかならない。たとえばセザンヌ、ファン・ゴッホ、ボードレール、ニーチェ、プルーストといった名を、各人がそれぞれの観点に照らして結びつけてみれば、その企図の輪郭が浮かび上がるだろう[30]。

あやうい均衡の上に成り立つ作品の数々……　これほど多くの売れ残りが万人にとっての古典に様変わりした今日、私たちはそう判断せざるをえない。私たちが問うべきなのはおそらく、これらの作品が示す照準の転換、世界を見るまなざしの刷新、彼らの運命に共通の屈曲、それらをつなぐものは何かということであろう。

ある時代に言われてしかるべきことは必ずしもその時代に最もよく聞き入れられることではない。時代とはそもそもこの種の難聴、ある種の思考や言語や感性に対する難聴によって特徴づけられるものではないか？　そうしたものから目を背けるものではないか？〔ニーチェが晩年を過ごした〕シルス・マリアの小部屋、〔ゴッホが療養生活を送った〕サン＝レミの精神療養院、ボードレール末期の失語症。これらはいずれも流刑の印であり、そこで続けられる彼らの身ぶりは、おそらく危険なまでに共同体全体に影響を及ぼすだろう。ウォールデンの小屋はいわばその前哨《ぜんしよう》に位置し、それらの隠遁の両義的性格を示している。それは耐え忍ばれたものであると同時に望まれたもの、耐え忍ばれたがゆえに望まれたものなのだ。ファン・ゴッホが死の前年、サン＝レミの精神療養院に入りたいと手紙に書いたとき、彼が感じていたのは苦しみだけではなかったにちがいない。ある人々にとって世界から身を引くことは、その時代と折り合いをつけること、聞く耳のない絶対的な自己の意志に寄り添いつつ、それをうまく撓《たわ》めるための方策なのかもしれない。彼らは沈黙のなかに、あるいは裸体の、あるいはコルクの、あるいは枯れ葉のなかに身をひそめ姿をくらます。彼らは世界を原子に分解し、それを別の仕方で再構築しようとする。この解体作業には完全に隔絶された空間が必要であり、その仕切られた空間がいわば共鳴箱となるのだ。チェロの内部のような。

「湖の名前は、イギリスのどこかの地名に由来するのでないとすれば」とソローは書いている、「もともと「壁で囲まれた《ウォールド・イン》」〔Walled-in〕湖と呼ばれていたことに由来すると考えてよいであろう」〔下巻二四頁〕。ウォールデン〔Walden〕という名の語源をめぐる夢想は、この名を冠する湖の性質を音声《シニフィアン》によって巧みに言い当てている。湖の性質だけはない。「壁で囲まれた《ウォールド・イン》」という呼称は、住む場所とそこに住む人の双方を指し示すにふさわしいほど、両者は一体となっているのではないか。

小屋と孤独者は、それぞれ徹底した縮小化の帰結として、世界と人類の分割しえない粒子、両者の原子《アトム》を表象するかのようだ[31]。果てしなく広がる遙かな地平と「グリーン山脈」〔上巻二二〇－二二一頁〕に対峙しつつ、ソローは膨大な作品(とりわけ七〇〇〇頁におよぶ日記)を費やして、自分の住まいをさらにいっそう狭めようとする。あたかも自分を取り巻く空間から居住可能な最小単位を抽出することが問題であるかのように。

だが、この孤立した場所はたちまち〈天地創造〉の「工房《アトリエ》」となる。「私は〔……〕、この世界と私とをつくり出した、あの「芸術家」の工房にいるような――彼がいまも仕事をつづけながら、この土手でいたずらをしているうちに、勢い余って新たな作品をあちこちに生み出している現場に来あわせたような――感動を味わう」〔下巻、二四二頁〕。かくしてソローは自然のただなかに、ちょうど書く行為《エクリチュール》において見出されるような、芸術家の条件を認める。というのも風景を書くことは、風景という言葉のもっとも繊細微妙な意味、人間的な偶発時とは無縁の意味において、天地創造の萌芽《ほうが》となる身ぶり（クローデルのいう「共に《コ》＝生まれる《ネートル》＝認識する《コネートル》」[32]）をふたたび見出すことであり、世界を生み出す状態に身を置くことなのだから。再認識《ルコネッサンス》なくして創造行為はありえない。さまざまな姿形をした生命、さまざまに組織化された形、「素描《デッサン》」と構想《デッサン》、そうしたものを名づけ、再認識することによって、芸術家はそれらの存在のうちに、まさしくそれらの存在を認めさせるエネルギーを捉え、その躍動《エラン》をみずからもまた身に帯びるのだ。

「再認識する《ルコネートル》」とは、もう一度知る《コネートル》ことではない。以前にもまして強い印象とともに、あたかもはじめてのことであるかのように知ることだ。ついにはじめて知ること。というのも、知のはじまりこそまさしく私たちに欠けているものなのだから。私たちはいわば言語という予防線を張った状態で、あらかじめ地雷の取り除かれた土地を歩いている。話すことができるおかげで私たちは数知れぬ爆発と驚きを免がれている。ソローが――彼の野性が――ふたたび見出そうとするのは、まさしくそうした言語による防備以前の、最初の体験がもつ真理なのだ。世界から隠遁することは彼にとって、日常言語から遠ざかること、世間に流通している慣用に流されるのではなく、一歩一歩みずからの足で歩いてゆくような、闇のなかを手探りするような言語を見出すこと、言葉のなかを彷徨《ほうこう》し放浪する不確かな歩みを見出すことなのだ。「私はむしろ、自分の表現が、まだ存分に度を‐越して[33]いないのではないか、自分が確信をもつに至った真理にふさわしいほど、日常生活の狭い限界を乗り越えてはるか遠くまでさまよい出てはいないのではないか、といった点がひどく気になっているのだ」〔下巻二七七頁〕。

とはいえ『ウォールデン』の読者は、この書物のなかで既成秩序を転覆するような言語の破壊的用法に出くわすわけではない。というのも、言語を用いて度を越す仕方はさまざまであり、ソローが「確信をもつに至った真理にふさわしい」のは言語の最も劇的かつ破壊的な用法ではないからだ。ここでもまた彼は断絶よりも冒険を求める。言語においても自然においても再認識するという同じ欲求に導かれて、彼はあらゆるところから言葉が自分のもとに到来するがままにする。ソローは彼なりのやり方で、不正確かつ不明瞭なままにとどまることを承知のうえで、それらの言葉を報告する。光源の周りの暈《かさ》のようなもの、ベンヤミンがアウラと名づけたもの、そのような近似的なものを探求しつつ、不明瞭さをある種の効力に変えるのだ。「われわれの言葉に含まれる揮発性の真理は、残留物となっている言説の未熟さをたえず暴露しつづけなくてはならない。言葉の真理はたちまち昇天し、その文字の記念碑だけが残る」〔下巻二七八頁〕。正確な語というプラグマティックなイデオロギーに対して、ソローはおおよそ《ア・プ・プレ》というダイナミックな素養をもって応じる。ペギーと同様、ソローはひとつの語が一挙にすべてを言い尽くすとは思っていない。彼らのような生まれながらの散文家にあっては、文章はゆっくりと中心に近づいてゆく回り道のようなものであり、中心以上に行程が重要なのだ。この比喩に即して言えば、言葉はその意味作用だけでなく、「すぐれた資質をもつひとびとにとっては乳香のように〔……〕、馥郁《ふくいく》とした香りを放つ」〔下巻二七八頁〕ものとなるだろう。

　場所というものも同じように回り道の対象となる。言葉と同様、場所も捉えがたく不思議なものである。場所、国《ペイ》、風景《ペイザージュ》、土地に根差すこと《ペイズマン》。そのような土地を区分し登録する行為は人為的なものであり、〔自然という〕連続性の原理をないがしろにするものである。他方、自然は空間のなかに境界線を引こうとするあらゆる労苦を飛び越えてゆく。
自分の言葉と住む空間をあれほど切り詰めようとした人間においてこのような真理が明らかになるのは逆説的なことだが、ソローにとって小屋はひとつの場所というよりも、あらゆる場所の感覚を見失う地点、ある中心から可能なかぎり遠ざかった周辺、一種の無人地帯《ノーマンズ・ランド》なのだ。この意味において小屋は、先に私たちが想定したような居住のための空間というよりも、終わることとなき逃亡、放浪《ヴァガシオン》あるいは休暇《ヴァカンス》のための空間となる。

休暇《ヴァカンス》――あまりにも使い古されたこの語の本来の意味をソローとともに思い出そう。それは、たとえばジュール・ヴェルヌの『二年間の休暇〔＝十五少年漂流記〕』[34]のロビンソン風の大冒険が描き出したような意味での休暇である。すなわち精神と身体の本質的な放心、住居から身を引き離す放浪、予定も計画もない彷徨の旅。言葉という言葉が雲散霧消し、世界の無−意味《ナンーセンス》に浸りきることに適した状態である。

しかしながら小屋は島ではない。その真逆でさえあるだろう。無論、ソローをウォールデンの冒険に導いた複雑な理由について断言するのは難しく、ソロー自身この点についてはっきりした答えを述べてはいない。が、その理由のひとつは、小屋と無人島との相違を浮かび上がらせるものであり、また文学と政治の双方に同程度かかわるものである。それは、ちょうど同じ頃カール・マルクスが『資本論』の第一章において揶揄《やゆ》した「ロビンソン物語[35]」の伝統から距離を置くということである。このロビンソン物語の伝統において、島は相反する二重の価値を帯びており、孤立の要因であると同時に保護の役割を果たすものとして現れる。ダニエル・デフォーは物語の主人公をこの両義性に直面させ、孤独の絶望と生計を立てる衝動を交互に味わわせる。

他方、ウォールデンの小屋は保護の役割という点では推奨できない。ソローは孤独について一章を割き、その固定観念を覆してみせる。「いくらせっせと足を運んでみたところで、二つの心をたがいに近づけるわけにはいかないということが、私にはわかったのです」〔上巻二三九 - 二四〇頁〕。実際、小屋があるおかげで、ソローはロビンソン物語の条件を反転させつつ、この冒険のすばらしい場面を再演することができるのだ。ソローが乗り出す一風変わった生活はみずから選んだものであり（その場所と同じく、否応なく課されたものではない）、共同体という感覚と感情（ソローの言葉）を広げるものである。そこにはまた脅威の観念が払拭されており、冒険譚に付きものの危険や不安といったものがソローの冒険にはほとんどなく、それどころかまたとない幸福感に満たされている。こうした幸福主義の道を通ってソローは、マルクスがその錯誤を告発した経済モデルに依ることなく、ロビンソン的冒険精神にたどり着くのだ。生活を支えるのは、行動することでも生産することでもなく、観想することである。観想といってもそれは活動的なもので、狩りや釣りや耕作といった生きるために必要な行動と分かちがたく結びついたものである。それらの行動はすべて見せかけの労働でしかなく、それが本当に価値をもつのは事物を観察するという究極目的においてである。あたかも人間の問題は書き留め、記録し、注記することに尽きる、と言うかのように。まさしくこれらの語が示す意味において書くこと、それこそがウォールデンという名の冒険の根本的かつ唯一の目的となるだろう。書くことは作家に固有の営為ではなく、民族誌学者から戦争報道記者にいたるまで、ありとあらゆる証人の属性である。その根幹にはなにかしら受動的なものがあるが、それについてこの書物はいたるところで触れながら、決してはっきりと語ることはない。内に含みつつ、外に示すことはない。事物のただなかから事物のただなかに向かって発せられたこれらの言葉は模範的ないし教化的なメッセージとは正反対のものである。小屋は労働の場《ラボラトリー》ではまったくない。というのも労働《レイバー》こそ、人間的な所作のうちでウォールデンの小屋が免れている唯一のものではないか。デフォーのロビンソン物語とマルクスの経済学がそれぞれ労働に対する忠誠から解放された姿を同時に想像すること、それこそウォールデンが私たちに提案していることなのだ。

ウォールデンの小屋は働かない者の住まいでもなければ、働き者の住まいでもない。小屋は、その無償性において、労働という強迫観念を払拭する場となる。そこに身を置く人間は、無為か労働かという二者択一の拘束から解放され、みずからの自由という必然的に脆い壁に囲まれて、みずからの注釈《コメンタリー》を唯一の糧として生きるであろう。

パティニール

……現れたのは、縮尺の異なる、もうひとつの世界地図だった。人がその中に入るためでも、一体化するためでも、ポケットに入れておくためでもない、おそらくはただ、ある種の尺度を知るために作られたものだ。

——ペーター・ハントケ

道を進むにつれ、彼の持ち物は減っていった。今や屋根ひとつあれば十分であり、壁さえ不要となっていた。屋根といえば聞こえはいいけれど、菱形に組んだ枝木の上に干葉が積んであるだけだった。そもそも彼はいつでも家のすぐ外にいた。「何かがやって来るかもしれない」と考えながら、そこから見張っているのだった。雨の日は雨よけの下にじっと佇《たたず》む彼の姿があった。動物たちはこの物静かな人間が好きだった。彼らはすすんで彼の小屋に近寄った。ここには食べ物も少しあった。パティニールの描くヒエロニムスは、このような人物であった。家にこもりがちなフランドル人が想像する聖人とは、およそこのような人物であった。

広大にして精緻な風景のいわば心臓部に小屋を描き込むことで、パティニールはこの孤独な人間の瞑想に、あるひとつの意味を与えている。隠遁者が背負っているのは自身の孤独の重みだけではない。遙か彼方の地平線にいたるまで、その身を取り巻く一切のものが、彼の目には見えないものさえもが、彼という存在の一部をなしているのだ。ある意味で、彼はこれらのものに対して責任を負っている。この責任こそが彼という儚《はかな》い人間のすべてなのだ。ヒエロニムスは世界の美しさに背を向けることで、世界の美しさを一途に見つめている。それは彼の背のうえに、彼の記憶のうちにある。なぜなら、世を捨てると決めた彼もまた、この青みがかった絶景のなかを私たちと同じように通り過ぎていったにちがいないのだから。彼のまなざしやふるまいにはこの風景の優しさがある。彼はライオンの面倒を見ながら、翻訳に勤しんでいる。

隠遁者はみな厭世家である、そう決めつけてしまえば、隠遁の意味を見誤ることになる。さまざまな象徴に囲まれて生きる岩間の隠遁者のもとには、日々宇宙からの便りが届く。風に耳を澄ます。小屋を出て砂を踏みしめる。獣の足に手を差し伸べる。聖なる書に触れる。悠久のながれ、そのうねりに身をまかす。

瞑想すること。生きること。

だからこそ、彼の小屋はあんなにも吹きさらしなのだ。おどろおどろしい風が吹き抜けたかと思えば、助け主も、時代の空気も、ひとしくここを通り過ぎてゆく。この小屋はそのすべてを迎え入れる、世界のただなかにあるひとつの世界なのだ。

ルーヴル美術館に収められた《荒野の聖ヒエロニムス》［カバー装画を参照］を制作するにあたり、パティニールは隠遁者の小屋をとりわけ重視し、それを絵の中央下に描いている。この区域が本作品の地理における要所であり、他の一切はここを中心に広がってゆく。ここは四方八方から押し寄せるものから身を守る避難小屋であるともいえる。濃密にして穴だらけ、吹きさらしの貧しい生を匿《かくま》うこの穴には磔刑《たっけい》像も置いてある。どこかキリスト降誕の場を思わせる。

庵という言葉を口にする時、人は何を思うだろうか。まずは、葉をむしり枝を折り、殺戮《さつりく》に手を染める者の姿を思うだろうか。そのあとで、いかなる野獣にも襲われる心配のなくなった者の安らぎと平穏と叡智《えいち》を思うだろうか。私たちも、まずはこの言葉が意味するものの手触りを多少なりとも確かめてみなければならない。そうすることではじめて、一貫性を見失わずにこの言葉を用いることができるはずだ。そして庵というものを描くことができるはずだ。ある意味では、この大地に身をささげるという幻想の上に簡素な小屋を建てた人々がたどった道のりをなぞることもできるはずだ。描いた庵の数だけ庵を建て直すこともできるはずだ。パティニールがしたように。

パティニールは風景画の技術の創出者であるとよく言われる。アルブレヒト・デューラーは彼をgut Landschaftmaler、良き風景画家と呼んだ。あの燃え上がる小屋を見るにつけ(黄、赤、青と、まるで炎を分割したような色合いである)、のみならず、世界に撒香《さんこう》する一切のものが通り抜けてゆくあの小屋の多孔性、透過性を見るにつけ、彼は絵画における弁証法の創出者でもあると思えてくる。画面の縦横奥に積み重ねられ寄せ集められた領土の鱗片《りんぺん》が意味をもち、文字通りパースペクティヴをもつのは、あくまでそれが焦点から問われるかぎりにおいてである。ここでいう焦点とは、小屋に住まう三者、すなわちヒエロニムス、キリストの磔刑像、そして枢機卿の緋衣《ひい》が形成する三角形の中心を指している。

　この緋衣はひとりの人物である。それは任を解かれた人物であると同時に、俗世に生きたひとりの人間を思い出させる代物である。すなわち、この緋衣は、謙卑《フミリタス》という名の小屋に入る前のヒエロニムスがどんな人物であったかを思い出させる[01]。どことなく地に跪《ひざまず》いているような布の形と、ほとんど悔悟の念さえ浮かべた帽子の位置は、まるで首のない人間が哀願しているようにもみえる。この区域には暴力的なものがある(枯木がそれを証明している)。償いのためにみずからを打たんとする聖人、彼の右手に握られた石の先にはドラマが待っている。激しさと優しさが、色彩の表面でひとつに脈打っている。

謙卑〔humilitas〕。ヒエロニムスは俗世を離れて小屋に入った。緋衣を脱ぎ、小屋〔hutte〕と存在論的に結ばれた土〔humus〕にたどり着いた。小屋とは土でできたもの、土の中にあるもの。ゆえに洞穴や洞窟、岩窟や空洞といった、死の待ち受ける地下空間とそう大差ない。彼の小屋の慎ましさは、彼が死を身近に感じていることの表れでもある。礫刑像のくすんだ輝きには、死への没入、死の予感——ないしは死の誘惑が凝縮されている。

哲学的には、《聖ヒエロニムス》はふたつのヴィジョン、ふたつのテーゼの相克する作品として読むことができる。この絵はまず、無限の世界を感じさせる。ここには鷲《ワシ》のまなざしがある。その目は彼方を望み、さらなる彼方を想い、いわば「視界を失うまで」広がってゆく。つまり私たちの視界は錯乱し、消尽し、ついには無限の空間を前に消え果てる。目は景色の最果てにたどり着くことはなく、空間はなおも横溢《おういつ》してゆく。人間とは空間に飲み込まれた存在なのだ。まさしくこれが世界なのだ。世界とは身体を支えるうねりのなかに沈みゆく身体なのだ。世界とは内在性の抒情であり、それは地理とも呼ばれている。これが第一のテーゼである。

これに対して第二のテーゼは、目に見える世界は有限であるという。かくも貧しい囲い地から目を背け、超越性を打ち立てんとする。見えないものだけが無限の保護区となるのだ。こちらのテーゼは、内在性の抒情に対して、神秘に身をゆだね、神学を標榜する。「境界で囲まれた全体として世界を感じることが、神秘なのだ[02]」とヴィトゲンシュタインは言った。これはまさしくヒエロニムスの神秘である。

だが世界をそのように感じるためには、それとは相反するものすべてのものを振り切らねばならない。実際のところ、ヒエロニムスはこれとは反対の情動に満ち満ちているとしか思えない。幾重に波打つ野の果てをめざして景色と色彩がドレスの引き裾のように遠く退いてゆくとき、この絵画は、首をくるりと回して、その先をもっと見てみたいと思わせる壮麗さに満ち溢れている。大陸の中にまた別な大陸が隠されているように、細部の中にまた別な細部が隠されて、それがぶるぶると震えながら連綿と続いてゆき、果てもなく広がってゆくような、そんな思いに満ち溢れている。だが彼の目の前にあるものは、それとはまた違った形で隠されている。知覚できないほど繊細な幾多の物が彼を手招きしているが、そこに彼の無限の渇望を満たすものは何もないのだ。諦めるより仕方ない。ゆえに彼は見えるものから目を背け、見えないものをしかと見つめようとする。

絵画を哲学的に読むとはどういう意味だろうか。絵画の中には、知性を授かった作品もあるということを理解する必要があるだろう。世界とともにある知性を(世界の姿を見せてくれるのみならず、世界と密《ひそ》やかに手を取り合っている知性を)。絵を見る者はその知性の中にすっと入り込み、同時に知性に入り込まれている。かくして感覚と思考を隔てる壁に穴が穿たれる。この穴こそ絵画が哲学にささげる貢ぎ物のすべてではあるまいか。この貢ぎ物に毒が盛られていることは言うに及ばない。感性と知性はここからまた、世にも古めかしい論争を始めようというのだろうか。両者がついに合意に達するかに見えたそのとき、まるでそれが調和なき合意であったかのように、古色蒼然としたあの争いがまたもや勃発するのだ。

このことに関するかぎり、おそらくパティニールには象徴的な作品がふたつある。プラド美術館の《聖アントニウスの誘惑》［図1］と、エル・エスコリアル修道院の《聖クリストフォロス》［図2］である。いずれの絵画の中景にも、見るも頼りない梯子《はしご》が架けられた木の上に、まったく同じ三角形の小屋が描かれている(二枚の屋根の傾きによって床の水平が強調されている)。なぜ樹上の小屋というモティーフにこだわるのか、その理由は画家だけが知っているが、おそらくこの小屋が意味するものは、天空の家という夢想を見上げる逞《たくま》しい想像力のベクトルである。空に建てられたこの小屋にはまた、隠遁と宇宙性という、相反するふたつの欲望が同居している。広大な地平を求める心と、

［図1］パティニール《聖アントニウスの誘惑》
［プラド美術館蔵, 1520-24年］

[図2] パティニール《聖クリストフォロスのいる風景》
[エル・エスコリアル修道院蔵, 1520年頃]

閑居の愉しみという、《荒野の聖ヒエロニムス》がまだ離れ離れに見せていたふたつのものが、この巣小屋のなかではひとつに結ばれていることがはっきりと見て取れる。この場所からは、世界を鳥の目で見ることが、人間的に、絵画的に可能になる。なぜなら、この小屋は巣であると同時に展望台でもあるのだから。世界に向けて飛び立つこと(抒情的)と世界を独り占めすること(解釈学的)は、ついにこの小屋でひとつになる。この高みから、人は世界の調和を胸いっぱいに吸い込むことができる。だが、《聖アントニウスの誘惑》をよく見ればすぐに分かるが、小屋からは火の手が上がっており、その中には悪魔たちが棲《す》んでいる——いずれにせよ、地獄はすぐそこまで迫っているのだ。結局のところ、この物見台から得られるものはすべて、絵の前景で聖者を誘惑する女たちの見せかけの優しさに劣らず虚ろな知識にすぎない。

人が目で見て分かることなどかりそめのものでしかない、パティニールはそれを誰よりもよく理解していた。何かを見て理解したと思ったそばから、目はそれを歪《ゆが》ませ、覆い隠し、消し去ってしまう(それがこの絵の主題である)。目に映るものは変わってゆく。ほらまた違うものを見てる。目は目の前の時空から目を逸《そ》らせない。視覚とは本質的に不安定なものだ。そうであればこそ、パティニールは広大な風景の上空に墨色の積雲を浮かべ、じきこの場所を埋め尽くしてしまうものに備えよと言っているのだ。彼が描くのは仮の住まい、いわば、およそ危機的な、不可能な小屋なのである。ペーター・ハントケの小説の登場人物がパティニールのようにさまよいながらたどり着いた、壁と扉に覆われたバリケードの家のように……。雲行きの怪しい絵画である。

私はこれまでずっと第二の小屋の存在に気づいていなかった。それは、聖ヒエロニムスの小屋に比べればたしかに目立たず近寄りがたい場所にある、まるで異なる種類の小屋である。《誘惑》や《聖クリストフォロス》に描かれた三角形の小屋よろしく、その仮住まいも岩山の上にぽつんと置かれている。あそこまで行く手段といえば、《誘惑》や《聖クリストフォロス》と同じく、鳥籠の梯子みたいなものが架けられているばかりである。人の住む気配はないが、小屋の上部には鳩舎《きゅうしゃ》が見える。そこから岩肌の黒の上にぽつぽつと白い鳥が出てくる。少し離れた白雲にも黒い鳥影が見える。この小屋の方がヒエロニムスの小屋よりもしっかりしている。新しくて。きれいで。丈夫そうだ。容易に人を寄せつけない山の高みにあるこの小屋は、完璧な庵の理念そのものである。梯子があるからには、ヒエロニムスは今祈祷のために下界まで降りてきたのであり、またすぐに聖霊の鳥たちの巣へと登ってゆくつもりなのだろう。

結局のところ、この美しい小屋には人気《ひとけ》がない。毀《こぼ》れた小屋の方には命があり熱がある。美しい方は閉ざされていてよく見えない。毀れた方は四方から吹き寄せる風を招き入れ、見る者を貧しいながらも受け入れる。ヒエロニムスは荒野《デゼール》を無人《デゼール》でなくする。だが重要なのは、切り立つ崖の高みに位置する、あのよく見えない小屋の方ではないか？私たちにこれを、瞑想の熱を伝えるべく、私たちの日々の穏やかな風景のなかに、ここに降り立った男がやがて帰ってゆくあの聖霊の巣の方ではないか？「私たちの地上の住まいである幕屋は壊れても、神から与えられる建物があることを、私たちは知っています。人の手で造られたものではない天にある永遠の住まいです[03]」。

パティニールの絵の前景には二種類の人物が陣取ってい

る。外から貼りつけられた者たちと、内から現れた者たちだ。彼の絵に登場する人物の中には周囲の風景に馴染まない者たちがいるということはよく指摘されてきた。彼らはこの絵にサインをした手とは別の手によって描かれているようにもみえる。実際のところそうなのだろう。なかには微妙に大きさの違う者たちもいる。鳥の眼をもつ画伯は、あくまでも風景のみ、つまり背景のみにしか関心がなかったのだろうか。人間の痕跡を描き加えることなど同業者(ヨース・デ・モンペル、クエンティン・マサイス……)か弟子にでも任せておけと言わんばかりに。その一方で、大地から、足もとの湿り気のある色彩から生まれた者たちもいる。彼らは、風景の内から現れた者たちだ。風景と地続きの、風景に深く沈み込んだ者たちだ。彼らは互いに驚くほどよく似ている。聖ヒエロニムスはどの絵でも鼻の長い翁《おきな》である。

私は今パティニールの肖像画［図3］を見ている。一五二一年、彼の友人のドイツ人画家デューラーがアントウェルペン［パティニールが住んでいた現ベルギー北部の町］を訪れた折に銀筆で描いたものだ。鼻が長い。口は寡黙に彫り込まれている。右目には深い隈がある。頬はふっくらとして陰翳《いんえい》があるが、頬骨の形が透けて見える。それよりなにより、この鋭いまでの集中力はどうだ。くすりともせず、顔をしかめるでもなく……。メトロポリタン美術館の三連画［図4］の聖ヒエロニムスもこれと同じ面相をしている。あちらは老顔ではあるが、やっぱり同じ顔つきだ。そう思ってパティニールの描いたヒエロニムスたちをじっくり見ると、その類縁に驚かされる。顔貌のどこがというよりも、共通の世界内存在がもつ決然たる姿勢が、である。どの顔の配置にも同じ存在感がありありと見て取れる。見る、話す、嗅ぐための三つの器官、人間の繊細さをよく表す部分が重

[図3]アルブレヒト・デューラー作，パティニールの肖像画[ワイマール美術館蔵，1521年]

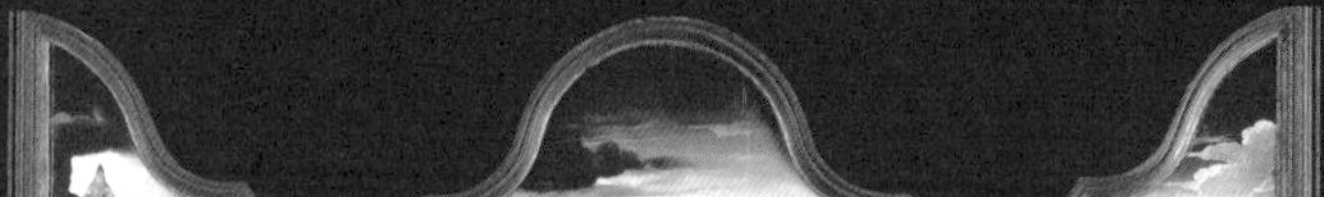

[図4]パティニール《悔悛する聖ヒエロニムス》[メトロポリタン美術館蔵，1518年頃]

点的に描かれている。

ここでおのずとある仮説が浮かんでくる。鋭敏にして謙虚な叡智を備えたこの英雄の姿には、画家の姿が投影されているのではないだろうか。これは世界と密やかにむつみあう、聖人としての自己の姿なのではないか。

近づいては、後ずさる。マドリードで、カールスルーエで、ニューヨークで、パリで、私たちは大勢でダンスを踊っている。同じ色彩の海原の前でスケートを滑っている。両手を後ろに回して、ぼろ着の小さな老人に近づいてゆけば、そのまま彼の小屋に足を踏み入れそうになる。今度は後ずさってみよう。すると老人も、隆々たる岩山も、地質、狩猟、動物、農耕などのあらゆる営みもみな雲の起伏となって立ち消える。厳しいまなざしも、老い果てた胸を打たんとする石も、ただなんとなくそこにあるだけ——空の青みがかった光のなかで、微かな靄と化している。それゆえ、ここには厳密な意味での距離は存在しない。ただ沈水するものだけがある。空間が、洪水のように氾濫し、あちこちから流れ込んでくるのだ（そして私の想像の中では、画家自身も筆を手に、この手強い木製パネルに近寄っては遠ざかる。そのうち、そこに少しずつ世界が現れる。一線を越え、小屋の絶対のなかに飛び込まんとする人のように。ためらう人のように。つねに後ずさる。描くとはためらうことだ）。

今一度、ルーヴルの《ヒエロニムス》の前で身をかがめてみる。道を外れて、隠れ家に閉じこもるようにして。彼と同じように、生きるという営みと不可分の〈義務〉から解き放たれる気持ちがする。彼と同じように、騒がしい、近眼の、混沌とした肉体感覚に対して、そっと少しずつ扉を閉ざしてゆく。ここにはあるのだ。平穏が、広々とした地平が、続いてゆくものが。私は待っているのだ。ゴンクール兄弟の言うように、絵画が立ち上がるのを。

ほら見たまえ。小屋から大きな螺旋《らせん》が立ちのぼる。その螺旋は、みずからが包み込むものを——私も含めて——静めるのではなく、ヒエロニムス、磔刑像、帽子という三つの傾《かし》いだ物に端を発する眩暈のただなかに、あらゆるヴィジョンを巻き込んでゆく。力強い螺旋運動は、究極の、だが目に見えない結果として、遙か彼方まであっというまに到達する。その道中には鳥を追いかける犬からでこぼこの火山岩まで、無数の小さな物語が散りばめられている。無数の描き込みがある。それゆえ、ここにあるのは、今しがた美術館の外に置いてきた喧騒とはまた異なる種類のものだ。より巨大で、より本質的で、より完成された騒乱なのだ。これがこの世の本当の嵐なのだ、騒乱はそう呟《つぶや》いている——私たちが体で知っている嵐もこの世も、決してそうは言ってくれまい。それらはひとつの統語《シンタックス》に結ばれることがないからだ。だがここではたしかに結ばれている。この嵐はヒエロニムスの頭上に聳《そび》える岩山が企てたものだ。そして岩山の隣にはよく似た形の白雲が浮かび、両者は絵画空間上で換喩的に触れ合っている。頑として動かないこの大雲は、いつ何時も人間の運命に重く差し迫ってくるものであり、このくたびれきった屋根の、今にも崩れそうなこの隠れ家の、だがそれでも存在しているこの小屋の正しさを、しかと証明してみせている。

この絵に見られる悲痛なものの形状と色彩のうちには、十六世紀初頭の宗教思想を脅かしていたものが炸裂している。形状というのは、小屋とその宿主を背に乗せた岩と緑の怪物の形のことである(怪物の形はひとつかもしれないし複数かもしれない)。リトレいわくこの「奇異な形態によって組織された体」(怪物)[04]は、じっと眺めていると色々な形に見えてくる。引きつった男の顔、打ち棄てられた教会、墓石……。右側全体は巨大な牛の頭部の形をしている。光の漏れている洞窟が目、遠くにいるラクダが背負っている白い袋が瞳だ。この子牛は(これは牛というより子牛である――あるいは金の子牛だろうか。今一度リトレの言を借りれば、怪物という語はときに異端者や異教徒や無神論者を指すこともある――つまりは論争家ヒエロニムスの論敵のことだ〔ヒエロニムスは聖書解釈をめぐって多くの論争を行なった〕)、地べたに鼻面を擦るように進んでゆく。子牛が進めば小屋もまた、瘤《こぶ》や寄生虫のように一緒になって連れられてゆく――子牛と同じように右を向いた横顔のヒエロニムスも一緒に。パティニールがそれを知らないわけはなかった。黒ずんだ二本の線で眉を強く引き、ラクダの洞窟でわざわざ目まで描いているのだから。絵画の星雲にぬっと顔を出してきたこの邁進する獣に気づかないわけはなかった。離れて絵を見た時に、自身がどんな怪物を駆り出してしまったのか理解していないわけはなかった。

(絵を描くとは、たぶん、つねに怪物を生み出すことであり、その怪物から身を守る小屋を建てることである。とはいえその小屋が怪獣の毛並にしがみついていることもあるわけだ。)

しかしながら、パティニールの目には子牛の頭などまるで映っていなかったと考えておくのがよさそうだ。この頭は、それを描いた張本人には見えていなかったのだろう。幻想《ファンタスム》の中にあるとき、人は自分の目を潰しているものに気づかない。自分をかくも強く惹きつける驚異の源をまっすぐ見ることを妨げているものに気づかない。この頭にはまるで、彼のそんな幻想が露呈しているかのようだ。彼はヒエロニムスを怪物の肉体に密着させて描き、そしておそらくはヒエロニムスに自身の面影を託している。すなわち、キリスト教の護教を意図して描かれたこの絵の背景には、それとはまったく異なるもうひとつの舞台が、どこまでも明瞭に、しかし永遠に不可知のものとして立ち上がっているのだ。私たちもまた幻想を前にしているのであり（人はみな似た者同士だ）、まさしくこの類似性、再現性こそが私たちを驚愕させるのだ。私たちはパティニールの場所に〔の代わりに〕いる。これはなにも、私たちはこの絵を眺めている瞬間に画家になったという意味ではまったくない。そうではなく、もし私たちがヒエロニムスと彼の背負うものを眺めているまさにこの瞬間に絵を描かねばならないとしたら、その絵は今目の前にあるもの、すなわち誘惑に満ちた荒野以外のものではありえないだろうという意味である。

パティニールはヒエロニムスがエウストキウム〔ヒエロニムスのもとで修道生活を送ったキリスト教の聖女〕に宛てた書簡を読んでいる。告解者ヒエロニムスはその書簡の中で、私たちが彼の幻想と呼んだものをみずからこう記している(この書簡の宛先が女性であるということは瑣末《さまつ》な事柄ではない)。ego, scorpiorum tantum socius et ferarum, saepe choris intereram puellarum、「ただ蠍《サソリ》と野獣とを友としながら、私はしばしば娘らの輪舞のただ中にいました[05]」。画家はこの告解の手紙に忠実であればこそ、ヒエロニムスを怪物的な力から逃れようもないものとして描いている。そんな彼の手紙をできるかぎり正確に翻訳したものがこの作品なのだ。翻訳といっても、用いられているのは形状や象徴といった絵画ならではの語彙である。ここにはウサギもいればトカゲもいる。岩山もある。幻想的なシルエットの黒い岩山である。

　書簡の続きにはこうある。rigidus solus deserta penetrabam、「私は〔……〕身を強《こわ》ばらせて、たった一人で、荒れ野のさらに奥深くへと入っていったものでした[06]」。フランドルの音楽と豊かさの中ではほぼ口にしようとも思わなかったこの言葉を、概念としては知っているが手触りを知らないこの言葉を、パティニールは絵にしてみようと思った。荒野の聖ヒエロニムス〔Sanctus Hieronymus *in deserto*〕。

　だが、人は概念をたよりに何を描くことができるのだろう？

　Aspera montium, rupium praerupta〔「山の凹凸部や崖の切り立った地点を[07]」〕……パティニールはヒエロニムスの書簡から見つけたいくつかの言葉に着想を得ている——これらの言葉は母音や子音の反復によって強度をもち、大きなX状の交錯配列法《キアスム》[08]によって固く結ばれている——パティニールは庭で拾いあげた小石をもとに絵を描いていた、という話を彷彿させる。絵画の空白を埋めることになるのはそうしたものたちだ。彼がそれらを——言葉と小石を——拡大しさえすれば、どことなくハリウッド映画のような背景ができあがるだろう。しかし、彼が手にしているのは思想だけで、まだ物はない。そう、彼が作り出すものは、幻想の力に応じて意味をもつのだ。自然の模倣という制約から解き放たれ、画家はそれを自由自在に表現する。怪物を。パティニールの怪物は一から作り上げられたイメージである。それは私たちのなかにある、イメージをもたないものでできている。

ヒエロニムスとライオン。棘《とげ》、傍に爪[09]。弱き者の強さ。強き者の弱さ。強さを夢見た弱者は、ついに弱みを抱えた強者を癒すまでになる。サルトルは「死んだライオンに対する生きた犬の優越感」[10]について語っていた。ヒエロニムスは緋衣を脱いだ。緋衣は小屋の外にある。名誉と権力の皮衣を脱ぎ捨てた、生きた犬がここにいる。しかし、ヒエロニムスとライオンの出会いを包み込むこの不思議な光のなかには、また違ったものも見える。ここには安らぎのようなものがある。根っから対立する者たちを、しばし宥和《ゆうわ》させている普遍的なものがある。人間と野生のあいだに、仮小屋の住人と森に住むもののあいだに、突如として、協定どころの騒ぎではない。血縁が見出されたのだ。さまざまな差異のあいだ〔entre〕の色が変わる。話し合い〔entretien〕と助け合い〔entraide〕の合い〔entre〕になる。あいだはみずからを埋め合わせ、その頂点に達する――ほんの束の間のことだけれども。人類の歴史の中で、こういうあいだを拝める瞬間は滅多にないだろう。アッシジ〔人間と自然の調和を唱えたキリスト教の聖人。アッシジの聖フランチェスコ」の時か？『ウォールデン』の時か？　オリヴィエ・メシアン〔二十世紀フランスの作曲家。鳥の鳴き声を作曲に応用した〕の時か？　そんなところだ。

端から端まで数えてみれば、ここには五十九匹もの動物がいる。馬が三頭（輓馬《ばんば》が一頭、乗馬が二頭）、ロバが四頭、犬が三匹、鳥が（少なくとも）九羽、ヒツジが二十三匹、ウサギが二匹、トカゲが五匹、ヤギが一匹、オウムが一羽、ラクダが六頭、ライオンが二頭。では人間の数はといえば、こちらはなんとか十五人に届くかといったところである。動物によっては一本のストーリーの中のさまざまなシーンで登場しているものもいるが（たとえば三頭のロバがそうだ）、とはいえ彼らは数において圧倒しており、ひとつの生態学を描き出している。まだ人類が絶対的に君臨していなかった時代のそれを。この支配的な種にも疑念や脅威がきっとまだ残されていた時代の（脅威と言った途端に、ヒエロニムスが懸命に行なっているようにみえる行為は異なる意味を帯びてくる。この人は、私たちがなんとなく口にする「ヒューマニズム」なるものとはまた違った道を通って生き延びんとする人間の姿ではないだろうか？　彼の背後には家畜たちのウプランド〔床に引きずるほど広い袖口が特徴の外套〕が長々と続いている。ライオン——書簡には野獣の友〔ferarum socius〕と書かれていた——を手なずけたヒエロニムスがここに、この小屋にやって来たのは、未開の世界からその身を守るためではないだろうか？　彼の詩篇を響かせるのは人の手の行き届いた世界ではないだろうか？）。

動物たちは色彩である。みなそれぞれに生を営み、道をつける。ひとえに道といっても、気まぐれな道もあれば、遊び心を感じる道もあり、ふらついた道もあれば、ひたむきな道もある。色彩そのもののように。その行き先は分からない。のみならず、やはり色彩と同じで、彼らは解釈の方向を迷わせる。風景を脱解釈する。小屋の屋根の上にとまっているオウムは、フランドル人の目には異国趣味を表すものかもしれない。だが同時にこの鳥は、小屋の文章に打たれたひとつの疑問符でもある。この場所を過ぎゆくもの、そして鳥自身が温めているものをめぐるひとつの問いかけでもある。

　動物たちは色彩である。そして運動でもある。跳ね回るもの、這《は》いずり回るもの、空を飛ぶもの、地を歩むもの、重荷に背を曲げるもの、じっと動かないもの。動物たち[animaux]は、そちこちで命の反響しあうこの大地に活気を与えている[*animent*]。頑として動かない雄大な背景を横切りながら、彼らは運動する身体を生み出し、切り拓く。人間が歩き出しては立ち止まり、大地が無数の襞をかがりなから隆起を思い斜面や断崖を宿すとき、動物たちは運動と休止を想像している。その想像の揺るぎなさには啞然《あぜん》とさせられる。それは画家自身の想像の揺るぎなさでもあるのだが。彼らの運動はしかし、私たちのまなざしと思考の運動でもある。トカゲのように這いながら絵画の面と面のあいだをすり抜け、ウサギのように一息つきながら気持ちは次の跳躍に向かい、鳥のように天高く舞い、ライオンのように、犬のように飛びかかり、馬のように地を耕す。のように、というのはつまり、私たちの心が絵画によって道を見出すためには、こうした小さき仲介者たちが、部分部分で同一化することのできるこの小さきものたちが必要なのだ。そして今、檻《おり》のない広大な動物園に暮らす遍歴の男が示しているのは、この空間を切り裂いて進む手段——それも往々にしてもっとも侘《わび》しい手段——に関するひとつの提案以上のなにものでもない。

なぜなら、空間のうちには切り裂かれることを求める呼び声がある。端から端まで荒々しく掘り返され、果ては骨の髄まで、どんなにか細い轍《わだち》にまで入り込まれることを求める呼び声がある。未踏のままであるべき場所など存在しない。それがこの絵画が私たちの前に立ち上げた、大いなる謎に満ちた物たちの条件なのである。この空間が意味するところを理解できずに途方に暮れ、いや理解せねばという思いなどさっさと捨て去ってしまえば、人は大地のどんなにか細い線も追いかけてゆける。こんなふうに自由気ままに絵を眺める姿勢こそが、世界とひとつになった知性の上質な形なのだと気づくこともないままに。

一歩前に出てみたり、退がってみたり。脇にそれてみたり、正面に戻ってみたり。マドリードで、カールスルーエで、ニューヨークで、パリで、パティニールは私たちにそんなダンスを求めてくる。あらゆるダンスがそうであるように、このダンスには少しの時間と少しの空間が必要だ。彼の絵を眺める者は、心ならずも、目の前にあるものを体で表現することになる。すなわち、自身が埋もれてゆくこのユートピア的な空間を、今この場所で、少しばかり再現することになる。たとえどんなにわずかでも、そのような変身を遂げ、絵画に参加することなくして、空間と時間を体感することなくして、絵を見る目などというものは存在しない。

近づいては遠ざかる。私たちの小さなダンスは、この絵が表すものの再現だ。空間と時間の呵責《かしやく》という、誰しもに共通するものの再現だ。実際、私たちの前に開かれているこの大きな時《じ》禱書《とうしよ》、この縫い目なき織物の小さな小さな地表《ブラージュ》(ないしは頁《パージュ》)の数々をよく観察してみれば、あちこちに点在する空間のきれはしに、時間のきれはしが刻み込まれている。鳥を追いかけるあの犬。遠景にぽつんと見えるあの畑仕事の一コマ。絵の左端に見えるあの二人の旅人。絵の右手で曲がりくねった道を行き、もうじき十字架にたどり着くあの旅人。そんな彼らと同じように、私たちも駆け足になってみたり、ゆったりと時間をかけてみたり。あるいはその旅人の後方で、ロバたちを飼い主のもとに連れてゆくあのライオンと同じように。そのやや左手前にもこれと同じライオンがいる。こちらでは盗賊を見つけて牙を向いている。この二頭は同じライオンだが、居場所はまるで異なり、それぞれに異なる時間が流れている。ポリリズムである。空間と時間は手を取りあい、大なり小なり固く締まった同じ一本の糸を紡ぐ。パティニールは本作中に、この唯一の格言をいくつもの挿絵にして散りばめている。小屋の下を流れるせせらぎは、この格言のもっとも直截にしてヘラクレイトス的な表現なのかもしれない。

ここでぐっと視野を広げて、この絵を左から右に向かって牽引《けんいん》するものによく目を凝らしてみたい。動いているものはほぼ例外なく画面の右側へ向かっている。それが何を意味するかは、右手に見える教会が教えてくれている(これもおかしな建物である。このL字型の建築はまるで、ある姿から別の姿へ移ろうふたつの状態を表しているかのようだ。つまりはこの教会自体も歩いているかのようだ)。したがって、白ヤギと鳥を追う犬を除けば、動くものはすべて右へ右へと進んでいる。あの白ヤギは悪魔の力をもつ者であり、あの犬は気まぐれと軽率さの表れであると、誰もが思うことだろう。旅人たちは東方の聖地をめざす巡礼者である。それとも、絵の東側に描かれたこの教会がまさしく示すとおり、アウグスティヌスの神の国をめざしているのだろうか。さまよい旅する人間〔Homo viator peregrinans〕。

人間とは巡礼者だ、人生とは緩慢な旅だ、一歩ずつ歩むことは私たちの条件だ、みな盲目の徒人《かちびと》だ。手に手に握られた杖や綱の結び目は、この道具は一体何なのか。これは私たちに触れることの許された、ざらつく大地にほかならない。

なかには行き先を知らない者たちもいる。彼らはまだ絵の左側の平野で、めいめい仕事に勤しんでいる。パティニールは優しさと、人を瞑想にいざなう心遣いを込めずにこの平野を描くことはなかった。かたや、みずからの道を知っている者たちもいる。こうべを垂れて進む彼らは、呼ばれた者たち、頑《かたく》なな者たち、別な共和国の市民たちだ。

そして、幾度となくこの旅路につき、最後にはベツレヘムに居を構えて骨を埋めたヒエロニムス自身、磔刑像に注がれたそのまなざしによって、この方角の意味を、より正確に言えば、この世界の引力の意味を明らかにしている。

巡礼者たちが盲《めし》いたまま一歩また一歩とめざすもの、それは今ヒエロニムスの目の前にある。「もう歩くことはない、そんなに苦しむことはない、あなたはたどり着いたんだよ。」誰もが知らず知らずのうちにめざして歩むもの、それは今ここ、小屋のなかで、大切に守られている。ヒエロニムスが歩いていないのはそのためだ。たとえ彼の小屋は、東へ向かう漠とした動きの中にあるとしても。

とはいえ、放浪者たちの膝を曲げて描くパティニールが、一心不乱に〈目的地〉のことしか考えていなかったとは私にはどうも思えない。彼は道というものに飽くなき愛着を抱いており、ちょうど中国の宋代の山水画と同じように、路上に歩む人々を描き込むのを好んだ。なぜだか分からないけれどとにかく動かずにはいられない、そんな私たちの心を。苦しみながら、時間をかけて(膝を曲げて)、空間をかき分け進んでゆく私たちの習性を。他でもない未知なるもの、名づけられないもの、表現できないもの、なんとも思いがけないものに対するきわめて俗なる欲望を。あるいは、そんな欲望の欠如を。わけもなく旅立ちたくなるという純然たる狂気《マニア》を、部屋に——小屋に——籠って十字架を見つめていることができず、まるでみずからの天命を選び取るように、ひとつの力に屈するように表へ飛び出し旅路につくという、このうえなく軽率な習性を。その力を呼び声と名づけることもできるだろう。たとえそれが、明け方に旅立つ私たちのなかに残された、家をもたず、肉を探しさまよう動物の痕跡にすぎないとしても。

この頑固な小人たち以上にありありと欲動が表れたイメージなど存在するだろうか？　パティニールは彼らに時間をかけている。こだわっている。彼らの緩慢さと頑固さに共鳴している。丘陵をゆく彼らの苦しみに。彼らがこの地上で抱えている荷物の重みに。彼は最初の偉大な探検家たちの話を聞いたことがあったが、その血を引く者のなかで実際に知っていたのは、こうした平民たちだけである。だがパティニールにはこの者たちの思いが手に取るように分かる。彼らもまた放浪癖があり、ここではない場所を思い、つねに地平線の彼方をめざしているのだ。のみならず、パティニールには彼らの見ているものがはっきりと見える。この絵に描かれた者たちは、そのひとりひとりが、風景を望む不可知の視点なのだ。彼らは、私たちにも画家その人にも決してたどり着くことのできない、移ろい続ける絵画の可能性なのである。だからこそ、この絵を見る者は、異なる色の粒子に寄り添うたびに新しい景色を見つけるのであり、永遠に満たされることのない、永遠に欲望のままであり続ける、見たいという思いを新たに抱かされるのである。それが絵画を詮索するということだ。

シモーヌ・ヴェイユ。「わたしがいないときの風景をあるがままの姿で眺める[11]」。

この時代の人々は、宗教的な場面になにかしら動き回るものを結びつけるのを好んだ。聖なる〈歴史〉のかたわらに、もうひとつ歴史があるといい。当時の造園術がそうであったように、無数の襞の中に無数の驚きを忍ばせた、目に楽しい風景があるといい。要するに、なんだかよく分からないものたちがちょこまかと動き回っていると、夢中になって絵を見ることができるのだった。なぜだか分からないし、一時のことではあるが、不意にそういうものたちをしげしげと眺めてしまうのだった。この時代の人々はまだ、取るに足らないものに目を止めるという楽しみを、映画と写真のなすがままに奪われてはいなかった。彼らはまだ、なにかしらの物語の流れを目で追いながら、偶然が漕ぎ出す船に乗り、川が蛇行するたびに感嘆の声をあげ、自分がここにいることに驚嘆し、もはや何も考えず、全身でくつろぎ、雰囲気を味わい、目を細め、夢想に浸り、時間に没頭し、自分が何者かもすっかり忘れてしまって、自分の中をさまようことができた。画題とは無関係なこれらの脇役たちと、画題であるにはちがいない宗教的な場面のあいだには、一体どんな調和があるのだろうか。十字架の前で恍惚とする聖人と、十月の光のなかでロバを引きながら一歩一歩反芻するように道をゆく男のあいだには、一体どんな接点があるのだろうか。

ヒエロニムスを通じて、翻訳という世界的な営みがなされる。彼を通じて、預言者の言葉はヘブライ語からラテン語に落ち、そこからは、差があったりなかったりの、ありとあらゆる言語に落ちてくる。彼を通じて、預言者の言葉はおおまかな姿や間違った姿に変えられ、世界をすっぽりと覆うことになる――パティニールが切り拓いたこのパノラミックな景色は、聖書の中のすべての意味《オムニウエルスム》を暗示していると私は信じて疑わない。

　風景の中の本。閉ざされた本、開かれた大地。大地が本を開くのだ。うっすらと青い、物思わしげなその指で、一行一行なぞりながら読み進め、注解者となり、注釈家となるのだ。そうして余白に記された、控えめで、穏やかな、しかし深遠な注釈の数々が、この閉ざされた書物の果てしないト書きとなるのだ。一説によれば、「エウセビオスの著作『聖書地誌』を翻訳しながら、聖ヒエロニムスはそこに多くの修正や補足を加え、古代パレスチナの地理的描写に一切の落ち度がないようにした」という。そう、書物が世界を解き明かすのではない、世界が書物を解き明かすのだ。

無限の時間のなかで、もはや世界と書物がひとつになり等価になる、どこかマラルメ的な地平をめざして。

(今まで気づかなかったが、トカゲが何匹も描かれている。緑色の大きなトカゲたち。絵のあちこちに散りばめられている。まるで荒野のシニフィアンのように、文字のように。)

作品は動きのなかで創られる、とパウル・クレーは言った。今朝、私がパティニールの絵の前でまるで近眼者のようにして続けている運動は、遡ること五世紀前、画家がこの手狭な住まいを満たすために行なった引越しの、遥かなる、遅ればせの等価物にすぎない。パティニールは、心の押入れのようなところから、胸のなかにある骨董の積み上げられた場所から、ひとつまたひとつ、ガラクタたちを、ここに運び込んだのだ。

パティニールは、画面奥に見えるヘラのような形をした岩山を描くにあたって、すでに述べたとおり、自宅の庭で見つけた平べったい小石を参考にしていた。――とはいえ、生まれた場所や経歴や思想すら定かでない人間のそんなにも瑣末な情報を、私たちはどのようにして知りえたのだろう？　それは、パティニールの庭の小石は、そう、語り継がれることでここまで来たのだ――私たちが知っているその内容が、事実としての強度をもっているか否かはさして問題ではない。私たちは普段よくやる仕草でこの小石に接してみることができる。ちょうど今朝のような朝日の中でじっくりと観察し、拾いあげ、土の付着した表面をなぞってみる。夢見がちだった親指は、もう物欲しげになっている。鼻を近づけてみたりもするだろう。その物質の、その欲求の薄片を匂ってみるだろう。火の匂いを確かめるために。

絵画というものは、それが見せるわけでも証明するわけでもない、こんなふうに想像でしか知りえないことも呼び起こす。ここに絵画の神話がある。この神話におけるパティニールの役割は単なる画家にとどまらない。彼はヒエロニムスのそれに劣らず謎に包まれた、遠い昔の、一言でいえば聖なる武勲詩の主役なのである——聖なるというのは単に、不可知にして不可欠なものという意味である。

この大地には影が少ない。空はそれなりに明るく描かれているので、不思議なことではある。翳《かげ》っている箇所や暗くなっている部分はある。だが、影のそのものはひとつも描かれていないと言っても過言ではない。たとえば画面右手の道ゆく小さな旅人には影が付き添っていないし、彼が近づいてゆく十字架の足もとにもやはり影は見られない。その奥にある教会には、暗い量塊《マッス》と明るい量塊の巧みなコントラストが見られる。前景の緋衣や聖人の青い服も同様だ。だがそれらの地面には一片の影も伸びていない。何もみな、昼と夜によって、いわば内側からすっかり食い尽くされてしまっているのだ。プラド美術館にあるもう一枚の《聖ヒエロニムス》［図5］にも、同じく光の謎がある。地面に伸びるいくつかの暗い線を見るかぎり、光は絵の左から射している。つまり画中で最も暗い空から、最も光のない空から射しているのだ。翳った光が、不可思議なドラマでこの絵を丸ごと包んでいる。

　私たちの夢を照らす光は一体どこから射しているのだろう？　どんなシステムのおかげで、どんな暖炉のおかげで、夢はこうして見えているのだろう？　燦々《さんさん》と輝く太陽など、どこにも見当たらない。してみると、物自体から十分な光が発されていると考えねばならない。目に見えるこの世界には、あるエネルギー（イメージのエネルギーそのもの）によって照らし出される部分があると同時に、永遠に闇に沈んだままの部分――すなわち、存在しない部分もあるのだ。だとすれば、《荒野の聖ヒエロニムス》が見せているもの、これはひとつの夢なのだ。ほんの少しでも細部に入り込みさえすれば、一枚の夢の織物がどこまでも広がってゆく。ここには音もなければ一貫性もない。だが迷いのない、揺るぎのない手によって、織物は広げられてゆく。夢の手とはまさしくこういうものだ。私たちはこの手によって、内なる白さを追い求める道のうえに投げ出されるのだ。

小屋は放浪の旅に出ない。私たちにだけは見えないが、この小屋には固有の太陽があり、おそらくは固有の空がある。とはいえ、ヒエロニムスの頭や右足や両腕は、目玉模様の荒地や乳白色の川や教会とは異なる光源に照らされている。磔刑像が立てかけられている壁にくっきりと映る斜影は、超自然の徴《しるし》である。そう、ヒエロニムスの大地には

［図5］パティニール《聖ヒエロニムスのいる風景》［プラド美術館蔵, 1516-17年］

494

太陽が複数あるのだ。物によっては「無限の風景」などと呼ばれる明代の山水画の絵巻がそうであるように、そこには複数のまなざしがあり、複数の場面があり、複数の絵があるのだ。私たちを引きつけるのは、ひとつの観念(形相《エイドス》)が複数の観念を含んでいるというこの事実にほかならない。目に映るひとつの命題が、つねに形を変えようとしながら束になったさまざまな命題のきらめきによって構成されているという事実。それが私たちを魅了するのだ。誰が何と言おうと、私たちは焦点の独裁や〈一者〉の形而上学といったものを憎む。孤独者ヒエロニムスは私たちに一種の恐怖を、ひいては嫌悪を覚えさせる。人生とは所詮こういうものなのだろうか？　いや、ちがう。パティニールはそう答えようとしているように思われる。なぜなら、瞑想家はひとりきりでは何もならず、道連れであり好敵手である片割れが――私たちが必要なのだから。彼を取り巻き、動静問わずさまざまな出来事が無限に広がる地平へ彼を連れてゆき、彼の心を静かに明るく照らす私たちの存在が。

この絵をめぐっては、ロッテルダムのエラスムスの存在も大きい。エラスムスは、ある意味でこの作品を注文した人物であり、この作品の出資者なのである。同時代人エラスムス。隣人エラスムス(一五一七年、彼はアントウェルペンに滞在していた)。彼には《荒野の聖ヒエロニムス》を目にする機会があったのだろうか？　せめて友人のデューラーやマサイスからこの絵の話を聞いたことは？『死の準備について』〔エラスムスの著作〕にはこう記されている。「私たちはこの世界の旅人であって住人でない。私たちは、旅籠《はた》籠屋《ごや》で、より正確には幕屋《テント》の下で寝泊まりする異邦人なのである」。

《聖ヒエロニムス》はそっくりそのまま、エラスムスその人ではなく、彼が参照した聖パウロについての注釈である。「私たちの地上の住まいである幕屋は壊れても、神から与えられる建物があることを、私たちは知っています。人の手で造られたものではない天にある永遠の住まいです。」ヒエロニムスは、幕屋あるいは小屋に住みながら、天上の建物に憧れていた。彼の小屋は壊れかけていたので、彼が空の上にあるもうひとつの小屋を夢見ようと思ったのは、物質的にみて明らかに必然のことだった。だが画家の声は言う。見よ、君のそばで芽吹く木を見よ。この木は象徴ではない。あの草原を見よ、今日の永遠の光をきらきらと浴びた、あの遙かなる草原を。はしゃぎ回るあの犬を。何事かを物思うあの旅人を。旅人のそばの草むらを。画家は言う、見よ！　――もはや夢見ることはやめ、両のまぶたを緩めよ。この命令は、ヒエロニムスよりも私たちに差し向けられており、この絵はその命令に丸ごと包まれ、貫かれている。と、パウロ、エラスムス、アウグスティヌス、トマスと語らっていたこの絵が、突如として歴史の重みから解放され、宙吊りにされた限りない現在時のなかへ飛翔する。見よ、天にある小屋、それは今、私たちの目の前できみが身を寄せているこの小屋のことではないのか？　さあ今度はエラスムスがパティニールに答える番だ。時も場所も関係ない。彼は彼のヒエロニムスを描き出す。「彼は絵にあるような老人で」はなく、「頭巾や帽子または枢機卿の肩衣を着けて」もおらず、「ライオンを供として」もいない。ただ「足首までも下がった衣服を着ていました。あなたはその衣服を透明な水晶のようだと言いたいでしょう。〔……〕それは至るところ三つの相違する色彩の言語でもってすべてが飾られていました。あるものはブロンズに、他のものはエメラルドに、さらに他のものはサファイアに見えました[12]」。

しかしながら、いくら厳格な人間といえども、気が狂《ふ》れるほどにまで厳格であるということは決してない（再度エラスムスからの引用）。狂人は狂人で、彼らの狂気もまた十分な厳格さを持ち合わせてはいない。そこに諸悪の根源がある。誰もが中途半端でありふれた、想定内の手本を越え出ようとはしないのである。だがヒエロニムスはというと、跪いたままで、物というより観念としての磔刑像に釘づけになり、全身で燃え上がるまなざしと化したこの聖人はすでに、ネルヴァルが親しんだ幻視者たちの眷族《けんぞく》であり、ランボー（ヒエロニムス同様、砂漠の〔in deserto〕ランボーと呼んでおこう）やアルトーの幻視の仲間入りを果たしている。これらの狂人たちは、私たちなどには目もくれずに、私たちに教えてくれる。まやかしもうわべもない過剰さ、ただその一点にこそ、生の秘密はあるのだと。謎めいた厳格さを手放すことなく、そう、必要なことから逸れてゆけ。数々の平和な制約(歩く、畑を耕す、狩りに出る、船を出す……)に自分なりの方法で背を向け、前代未聞の、常軌を逸した行為によってそれらに否を突きつけよ(跪いて背を丸め、自分の胸を石で打て)。これ見よがしではない、他のあらゆる行為の対極に位置する行為によって。絵から絵へヒエロニムスを描き続けるパティニールの執拗《しつよう》さには、愛着やノスタルジー以上のものを感じる。ヒエロニムスとはモデルであり教訓なのだ。ひとつの秘密の、最盛期の啓示なのだ。彼は言っている。人生とは、このように型にはまらない独我論的な状況にあるかぎりにおいてその名に値すると。自己と自己のあいだで、怪物じみた、まるで正気の沙汰とは思えない取引がなされるこの巣の中、この穴の中にあるかぎりにおいて。くたびれた小屋のボロボロの覆いの隙間から、生の秘密が顔を覗《のぞ》かせている。

私たちにはヒエロニムスの姿は見えるが、ヒエロニムスが見ているものは見えない。彼は磔刑像を見つめているようにみえるが、他のものを見ているのだ。もう一度、彼の視線は十字架に磔にされた小さな人間の姿に釘づけになっているように思われる。だが、二重に宙吊りにされ結ばれた時間と身体、このふたつの深淵の向こうで、別なものが彼の注意を引いているのだ。それは何か？　生身の、動いている体である。彼の目は絵画の中にあり、忘我の中にあり、一律に動くことを禁じられている。だがもしその両目を間近で見ることができたなら、そこには幻視を飽かずに求める好奇のまなざしがギョロギョロと動いていることだろう。彼の目はほとんど盲目だ。少なくとも、目に見える広大な世界から目に見えて目を逸らし、それとは別な目に見えるものにすっかり目を奪われている。そしてパティニールは、牛の頭の形をした山の幻を見せることで、私たちをも盲目にしている。まるで、私たちを幻想につなぎとめるこの、言葉なき動物への抗いがたい愛着のありかたを感じさせようとするかのように。画家はまた、ヒエロニムスの周囲に見るも心地よいものをこれでもかと描き込むことによって、常人には見えないものに目を眩ませるヒエロニムスの姿を描き出している。つまり彼の周りにあるのはみな、観者の目を描きようのないものからうまく逸らすための幻想にすぎないのである。絵画と私たちをつなぐ一種の不可能なもの、無力なものから――あるいは神秘主義の本性から逸らすための。したがって、ヒエロニムスのひれ伏した姿勢を受け入れるためには、彼が見ている幻は現実にそこにあるのだと信じねばならない。信じる力以外の何物をもってしても、その現実に触れることはできない。おそらくそれは、画家にとって、私たちをそこにある現実に導くための唯一の方法なのだ。少なくとも、五世紀、あるいは十七世紀にも及ぶきわめて緩慢な解体のあとで、それでもなおそこに残っているものに私たちの手を触れさせる唯一の方法なのだ。そしてそのとき、そのあるかなきかの痕跡を、灰を、塵《ちり》を掬《すく》いあげるとき、私たちは乗り越えられないものの核心にしかと触れるのである。なぜなら、ずたぼろになった小屋の屋根をはじめとして、あらゆるものが傷み毀れてゆくこの光景が、まさしく告げているではないか。どんなものにも決して終わりは来ないのだと。どんなものにも。

ルーヴル美術館のフランドル絵画の展示室が例外的に閉まっていた日のことも話しておかねばならない。一般入場券を買い求め、北方画派の階へまっすぐ進んでゆくと、突然、目の前に灰色の看板が現れた。見れば、モノトーンの美しい灰色の上に、赤いステンシルで小さくこう書かれていた。「北方画派の展示室は本日は閉室とさせていただきます」。パティニールの田園風景を自由気ままにさすらい、色彩に心洗われ、そのただなかを思うさま泳ぎ回るのはさぞ楽しいだろう、などと思っていた矢先に、この灰色（塗りむらのない美しい灰色）の形体にぶつかって、ここから先へは進めませんと言われた日のことを、パティニールが気候学者よろしくその素晴らしさを教えてくれた変化し流動する色彩があるはずの場所に、きれいに灰色一色に塗り潰されたその形体があった日のことを、話しておかねばならない。壁！　そのとき、*griser*〔灰色にする、酔わせる〕、*grisement*〔灰色に〕、*griserie*〔陶酔〕……といった言葉が不快感もなく頭に浮かんだ。灰色は人を酔わせる。視界を遮るものは、奇妙なことに一種の陶酔を呼び覚ます。その理由はたぶん、この障害物の気が滅入るような灰色の向こう側に、かつて一度も見たことがないほど明るく鮮やかな、数限りないパティニールの色彩が透けて見えたからだろう。おそらく、《聖ヒエロニムス》の青が私たちの中に占める位置を本当の意味で知るためには、不可能性の象徴たるあの制度化した灰色を、あいだに置いてみる必要があったのだ。

欲望の対象の上に掛けられたこのヴェールはしかし、もうひとつのヴェールの存在を思い出させる。絵の真ん中に聳え立ち、風景の大半を覆い隠しているあの、舞台の大道具のような岩山のことである。絵の左手に見える蛇行する川と、右手に見える教会が建っている高台のあいだは一体どうなっているのだろう？　あの青みがかった銀色の輪は、緑豊かなあの島は、どんな形をしているのだろう？　反対側に目を向ければ、あの山の肩はどんなふうに作られ、その奥に見えるあの山脈はどんなふうに生まれ、十字架にいたるあの曲がりくねった小道の手前は一体どんな模様を描いているのだろう？　といった具合に問いは尽きない。絵の中の動物や旅人たちはその答えを知っているはずだ——知らないのは私たちだけだ。数限りない見るべきものが、見えるものの向こうに隠されているのだ。

これらの問いはみな、創造《クレアシオン》の神秘にかかわるものである——この一語はそのあらゆる意味において理解されたい。つまるところどの問いも、いかにして風景は造られるのかと問うているのだ。大地と岩山を模した茶色い緞帳《どんちょう》の前で跪くヒエロニムスは、瞑想に耽《ふけ》るというただそれだけの行為をもって、この問いに答えている。だが先の問いはまた、いかにして絵画は創られるのかと問うてもいる。私たちの目には見えないものが、にもかかわらず、いかにして私たちの前に姿を現すのか？　いかにして……。いずれの問いを解く鍵も、以下の逆説的な叡智のうちにある。すなわち、神にとってもパティニールにとっても〈自然〉にとっても芸術家にとっても)、創り出すことは時間を要するが、そいしいそれなのに、創造とは一瞬なのだ。のろのろと道ゆく巡礼者たちが費やすその時間が、冥想に耽るヒエロニムスがじっと待ち続けるその時間が必要なのだ。それなのに、五百年前からこの絵が見る者の顔めがけて輝きとともに放ってきた一瞬、その一瞬さえあれば事足りるのだ。私たちの視界を塞いでいるこの大地と岩山の張りぼてが右側にずれ、その背後に準備されていたものが姿を現す、まるで啓示のようなその一瞬さえあれば。

それゆえ興味深いのは、小屋の内部というよりも、小屋の中とその周りに広々と開かれた大地のあいだに生じているものの方である。この絵の前景は見る者の注意を引いてやまず、もはやパティニールの繊細な筆が描き出した世界の換喩に等しいものとなっている。天秤《てんびん》の一方の皿にはヒエロニムスの伝説があり、もう一方の皿には伝説とは無縁の日常があり、日々の物語があり、見る者がめいめいふとわが身を振り返るような侘しい時間を綴《つづ》った、息の長い文章がある。私たちが見るべきこと、考えるべきことはそれなのだ。この天秤なのだ。その真ん中には岩でできた天秤の竿があり、その頂ではヤギが身をよじらせている。同じように、小屋の屋根にはオウムがとまっている。ためらいと、問いかけである。

パティニールの天秤は、この絵の中にはめ込まれている。いやむしろ、納められていると言うべきかもしれない。なぜなら彼の小屋は、聖人の遺物を——私たちに残されている彼のすべてを——納めておくための聖遺物匣《こう》なのだから。パティニールはヒエロニムスの小屋から伝統的な装飾物を剥ぎ取っている(たとえばアントネロ・ダ・メッシーナの

[図6]アントネロ・ダ・メッシーナ《書斎の聖ヒエロニムス》
[ナショナル・ギャラリー蔵, 1475年頃]

《書斎の聖ヒエロニムス》〔図6〕のこれ見よがしな装飾物を)。そうすることで、小屋の価値を、真価を、この驚くべき色彩の書架に、とりわけ聖人のチュニックの感動的な青に集中させているのである。

色彩が人を感動させるなどということが、一体どのようにして起こるのか? 絵の中にしか存在しない、どんな複製にも近づくことさえできないこの青が、ズタズタに引き裂かれたこの色調が、どのようにして強烈さと複雑さの入り混じったこんな感情をかき立てることができるのか? どうしてこの青が、ただそれだけでひとつの生き方となりうるのか? 一体どんな道を通って? たとえばファン・ゴッホの絵のオレンジ色は、他のいくつかの色のかたわらで、テオへの手紙に読まれるその色の名にいたるまで、嗅いだ記憶もないこの香りを胸に蘇らせる力を一体どこに持っているのだろうか?

ヒエロニムスのチュニックの青には歴史がある。この青は、パティニールがこれまで空の習作のために使い尽くしたありとあらゆる青から、そしてこの絵の遠景を青白く包むあの空の青から生まれた青だ。これよりもいっそう明らかに、一様に、全面的に青いのが、プラド美術館の《ステュクス川を渡るカロン》[図7]である。この絵では、水平線の彼方から手前に向かって青い川が伸び、私たちの方へ流れ出てくる。この絵の主題——ならびに卓越した技術——は、この川を包んでいた不可思議な燐光《りんこう》によって涸《か》れることなく流れ出る水に見て取ることができる。だが《聖ヒエロニムス》には、チュニックの青に匹敵するほど独特な青はどこにも——いくら探しても——見当たらない。風景を彩る無限の色見本のなかで、画家はまたしても違いをみせることに成功しているのだ。というのも、彼はこの青に他のものを混ぜているのだ。小屋の表に横たわっている緋衣の赤が、青の下地に隠れているのである。ヒエロニムスのみすぼらしいチュニックの青の内側にはこの記憶が宿っている。記憶の幻視、錯覚が宿っている。この偽りの青は、緋色の洞穴と秘法の中ですり潰されたこの青は、磔刑像のキリストの青と同じ青だ。だとすれば、この二人がそろって目を見開いているのは、自分自身の姿を見つけた驚きによるものではないだろうか？「私は幻を見ているのか？　もちろんだ〔青によって〕《パール・ブルー》！」つまり、もし私の目に狂いがなければ、この人もまた、緋衣を脱ぎ捨てるのと同じかそれに準ずるような物語を経験し、浮世の地位も振り捨て、こうして空の色と婚礼を挙げるにいたったということになる。私は幻を見ているのか？二人が二人とも、異口同音に言っている。「自分の体をつねってみよう！」、「自分の体を叩いてみよう！」と。優しくも烈しい、同じ青のなかで。優しくも烈しい、同じ目をして。

［図7］パティニール《ステュクス川を渡るカロン》
［プラド美術館蔵，1520-24年］

このような瞬間にあるとき、思考はもはや用をなさない。必要なのはただ、色彩の交感に、そのささやきに耳を澄ませることだけだ。離れ離れの青と青がいつまでも交わす婚礼の愛の言葉に耳を傾けることだけだ。二人の青は今、ただひとつの震える色彩のなかに溶け合いたいと一心に願っている(マティス、ファン・ゴッホ、ブラン・ヴァン・ヴェルデ)。同じ未来のなかに。

さあ、ここから一気に空の青へと渡ってゆこう。そんなふうにして絵画は(パティニール、グレコ、プッサン、それからターナーも)、不思議な雲の重みから私たちを解き放ってくれる。絵画が見せてくれる雲、私たちのまなざしはあの雲間を亀裂のように縫ってゆく——軽やかな気分にはちがいない。だが与えられたこの自由が少し怖くもあるようだ。

この青は、何も見えない青だ。それゆえここには、まなざしを怖気《おじけ》づかせるすべてがある。私たちを引きつける青、でも私たちにはどうしようもない青。世界のBGMとしての青。それを名指そうとするどんな言葉も立ちどころに隠してしまう青。無としての、絶対としての青。この重大なる盲点――私たちの盲点。なぜなら私たちは、何を見るのかを抜きにして見るという動詞を考えることができないのだから。私たちの生には、何はなくとも視覚の補語が、客体《オブジエクトウム》が必要なのだから。目はつねに客体を見つける、私たちはそう思い込んでいる。だがその客体をそこに置いたのは、つねに私たち自身なのだ。パティニールは空の青を、彼の小屋を見せてくれた。物ではなく、深く穿たれたヴィジョンを。万物の隠れ棲むさまを。見ることの純粋さ、それが意味するであろうものをほんの一瞬だけ感じるための唯一の条件を。無を見るのだ、ただ青だけを。

芭蕉

年々や
猿に着せたる
猿の面

彼は歩く。幾年月をかけて数多《あまた》の細道をたどったように、その人は今、私たちの心の中を歩いている。彼の俳句に親しむ現代の読者も、彼と同じ小屋に身を寄せる。同じ荒壁土の割れ目とくたびれた藁葺《わらぶ》き屋根を見つめ、同じ馴染みの物憂さを味わう。長く俳句に慣れ親しんだ読者かどうかはたいした問題ではない。たった十七音で十分なのだから。世界とともにあるために私たちが持つ簡素な装具と、それに分かちがたく結びついた優しさも苦しみも含めて、その一切を受け止め、一気に噴出させるあの十七音だけで――。

私たちは読む。そして彼とともに歩く。そのとき、私たちの人生もまた風雨に晒《さら》され、同じように不安定なもの、同じように仮住まい的なものとなるだろう。人生を幻想で満たすために私たちが利用する物質的な豊かさがいかに大きいものであろうと、その事実に変わりはない。

死に対する私たちの自信も、文明人としての自負や傲慢も、偶然のもつ創造豊かな可能性に比べればどれも無に等しい。行脚の人である彼が私たちに伝えるのはまさにそれ、つまり、一歩進むごとに湧き上がってくる、まるで地下水のように湧出する力、彼自身が実感しつつも、みずから創造したわけではない力の存在だ。

偉大な創造者たちは何も創造しない。彼らがなすのはただ、偶発事に立ち向かい、たとえどんなに小さくとも、そこでひとつひとつ石を積み上げることだけである。「まだ見ぬ場所で取引するために、私は近々この街を去るつもりです」、とランボーはハラールから家族に書き送った[01]。まさに歩く人の言葉だ。芭蕉の漂泊にしても、徹頭徹尾同じような決意に導かれていたように感じられる。

こうした状況では必然的に、快適さや慰めは限定される。立ったまま飲み食いし、立ったまま眠る。前日にそこを立ち去った、見知らぬ誰かが使った束の間の住処を拝借する。そしてまた歩く。

芭蕉とともに仮小屋も歩く、とまでは言えずとも、小屋はみずからの定住性を詫びているようにみえる。なぜなら、そこでは万物が動くかのようであるし、まるでその全的な運動力学が詩学を生み出す秘儀でもあるかのようだからだ。

かつて、この運動力学を石や木々や山に伝えるべきだと人は信じていた。だが、本当に大切なのはむしろ、個々の事象をそのもっとも軽やかな表現へと導くことなのだ。本質ではなく、その移ろう精神を抽出すること。それができるのは言葉《パロール》だけだ。そのときこの世はあの世と交わるだろう。昨日は今日と、丘は霞《かすみ》と出会うだろう。

完成したばかりの交響曲のひとつをピアノ版で演奏するために、アントン・ブルックナーはある日、友人たちを集めたという。聴き終わったあと、曲の中にワグナーの楽譜二〇頁分ほどが引用されているのに友人の幾人かが気づき、驚いた。「だってあんなに美しいから！」、まるで言い訳をするように、ブルックナーは答えたことだろう。

芭蕉その人と俳人としての流浪の人生、そして独自の揺るがぬ明晰さで虚空を巡礼した彼の姿に想いを馳せるとき、私としてはただ、『幻住庵記』に記された最後の数頁を書き写すにとどめたい。こうした私の行ないに驚く人に対してはこう答えるつもりだ。気取りのない人生と、庵の温もりに触れることでそこに生まれたつながりについて、人が想像しうるすべてがここに書かれているのだから、と。

仮小屋《ユット》、庵《エルミタージュ》、東屋《パヴィヨン》――、こうした名はどれも、この世の美しさを讃えるために芭蕉や日本画家たちが与えた幾つかの名にすぎないかもしれないが、生きる喜びを私たちに伝えるには、こうした名前だけで十分だったのだ。

だが、人はただ書き写すことでは満足できないものだ。やむにやまれぬそうした欲求へのたったひとつの譲歩として、ここでは『幻住庵記』の結びの文章、「頓《やが》て立出《たちい》でてさりぬ」という一文を引用するにとどめたい[02]。

芭蕉についてこれまで書かれた伝記からは、旅への欲求、詩情への確信、そして仮住まいの人々への関心という、三つの要素に取り憑かれたひとりの人間の姿が見出される。

いわばこれら三要素を交配してできた名が「芭蕉」なのだ。芭蕉によって完璧の域へと高められた俳諧は、ふたつの長旅のあいだの休息期間に生まれた、一種の路銀としての定型表現《フオルミユール》でもあった。宇宙的身体の分節《アルテイキユラシオン》、反転する休止、あるいはのちにシューベルトが彼自身の旅の中で風見の旗《ウエターフアイネ》と呼んだもの――つまり方向性と不安――から俳句は作られる[03]。夜、干し草の枕に頭を埋めて旅人が寝入るとき、それ自身も分節化された事物である俳諧は、夜の藁葺き屋根の下で押し黙るもののすべてを省略語法によって模倣し、昼間の無意味から救い出されたいくつかの言葉を拾い集める。偉大な旅行者たちの魂がその本質においてそうであるように、俳諧とは無口な詩なのである。

「新しみは俳諧の花なり」と芭蕉は語った[04]。俳諧には圧迫したり押し潰すような要素は一切ない。「ひとつの場所にとどまるべからず」。芭蕉は漂泊の人生を生きた。あるいは、結局は同じことだが、俳諧をその人生とした。

芭蕉が活躍したのは、書写の芸術がまだいかなる譴責《けんせき》も受けなかった古典主義の中葉期である。だから、旅の先々では必ずといっていいほど、彼は愛する俳人たち(去来《きょらい》、丈草《じょうそう》、乙州《おとくに》など)の句を追想した。時間と空間の両方をまたぐ旅の使命とは、言葉で作られ、語の刻印を受け、詩の花押のついた世界を呼び覚ますことである。それは、記憶の場所の幾つかをくまなく歩き回ることでもある。そこは実在する王国の領土と同じくらい秩序立ち、たとえ闇雲に走り回っても、最後には馴染みの旧友を見出すことができる、そんな場所なのだ。

この場合、書き写すという行為には、卑屈な点も反復的な点もない。反芻など一切なく、そこでの繰り返しはむしろ、追憶や邂逅《かいこう》、そして認知のためのものだ。
かつて何度も足を運んだことのある、幸福な時間の思い出に結びついた風景の中の一本の道を、心の中でもう一度思い描くようにして書き写す。いまだ解明されていない問いに立ち戻るように。愛する人に再会するように。こうしたアプローチをとおして、かつての時間《とき》が現在へと溢れ出す。みずからの苦悩や数々の動乱を浮き彫り《レリーフ》のように際立たせることによって、かつての時間《とき》が現在を活気づけるのだ。両腕を広げ、危うい均衡を保ちながら、野原の真ん中に不意に出現した岩山のてっぺんを渡るように、書写する人は、まるで地中に埋まった堅硬な世界の先端にいるかのようにして進む。

書写の流儀……。私は自分の流儀で芭蕉の旅を書き写す。とはいえ、芭蕉の経験にさらに私が何かを付け足す、という意味ではまったくない。私はただ、別の誰かに属するささやかな記号を、私自身の記号——つまり私の世界や時代、そして私という存在によって限定された場所——へと書き移すだけだ。ある場所から別の場所へと、大きな損失もなく記号を移し変えることができるとすれば、それは地理というものがそもそも変化に乏しく、反復的であって、それを描く書記法もまた、たえず繰り言をくり返すあの年老いた文盲ガイア[05]のように単調だからだ。さらに芭蕉自身、些細な事柄にも感動する質《たち》だったことから、私たちもまた、時間や空間、言語の隔たりをものともせず、彼と同じ感動——ここで言う同じとは、それに相当する等価物という意味だが——を得ることができるのである。

　質素と感動、熟思の不在というこの三つの観点から、私は芭蕉の旅の等価物をここに書き写す。

俳人芭蕉がかつて暮らした京都近郊の仮住まいのひとつを、今日《こんにち》でも訪れることができる。琵琶湖《びわこ》湖畔に行くのなら、そこからほど遠くない場所にある、かの幻住庵(「幻住庵」とは逐語訳で、「幻/生きる/庵」という意味だ)まで足を伸ばすこともできるだろう。だが、日本語には存在しない定冠詞の作用(「かの幻住庵」)に惑わされた私たちは、完璧な藁葺き屋根とまっすぐな壁、頑強な床をもつあの小さな建物を本物と見誤ってしまう。庵の高名な居住者の死後一世紀近く経ったあと、廃墟と成り果てた芭蕉庵を目にした画家で俳人の蕪村は、庵を建て直させた。だから、それ以降も芭蕉庵は幾度も壊され、焼失し、再建されたとみなすべきだろう。けれども、ツツジの庭がなす緩やかな勾配や、その脇の小さな清水、背後に見える比叡山の頂、夕暮れの光——こうした要素すべてが、相似の風景を絶えず創出しながら、俳人芭蕉の仮住まいを模写し続けるのだ。日本のどこに行こうとも、実物《オリジナル》が優位に立つことはない。いたるところ支配するのはその類似品だ。『奥の細道』への旅の終着点でもあった伊勢では、二十年ごとに祖先の聖域が再建される。このように、定期的に再建されるのだから、たしかに聖性は消失するはずだ。だが、その分、超越性という枷《かせ》から自由になった、身軽で活動的な関係性が生まれる。遺物が失われてからすでに久しい。聖芭蕉の大腿骨《だいたいこつ》や臼歯に注意を払う人など、もはやどこにもいまい。芭蕉の小屋や俳句が新しいのは、それがつねに書き変えられているからだ。芭蕉は芭蕉に似るのである。

こうして、どの仮住まいも別のより古い仮住まいのレプリカ、より光に照らされ、天や星々や地下水脈により恵まれたレプリカとなる。レプリカであり郷愁。たとえそうであるとはいえ、簡素な住まいを好んだ隠遁者たちが養い育てたかにみえるこの郷愁には、世を儚むといった意味合いはない。反対に、彼らの心を占めていたのは悲しさと熱情、そして天啓を生み出す、あの失われた霊感のもつ理想的な軽さなのだ。仮住まいもまた、時間の枝葉のなかでさまよっている。

前世の前世をたどっても起源の啓示はおとずれず、現在のうちに押しとどめられた奇妙な嗚咽《おえつ》に通じるだけだ。森のはずれの、藁屋根と荒壁土でできた小さな建物が、ときとして世界中の涙を秘めた鉱脈を掘り当て、涙の水流を涸らし、堅固で持続的な何かに姿を変えることがあるかもしれない。しかし、大抵の場合、そううまくはいかないのが常だ。少なくとも北へ向けての最後の旅の記録を書いた一六九〇年の夏に、芭蕉が住んだ幻住庵はそうだった。

その小屋は一種の寺院だった。その場しのぎに即興で建てられた、束の間の時間《とき》をしのぐための脆い建物。さらに、外部と内部の分断を巧みに避けながら、来訪者を受け入れながらも長居させないあのやり方……。ある種の仮住まいが信心の対象となった理由もうなずける。そうであるなら、神仏も儀式も偶像もない聖域という考えを受け入れなくてはならないだろう。これこそ、典礼的な要素一切を聖域から排除したときに、最後に残るものなのだ。人里離れた部落で家畜の避難場所や藁倉庫として使われている、半ば崩れ落ちた礼拝堂のように、人気《ひとけ》のない寺院。いわんや、支えの壁も礎石ももたず、十年ごとに火の粉をあげながら寺院が焼失するような国にあっては、寺社が見倣うべき手本が、とどのつまりは枝と泥で作られた脆い建造物なのだという事実にあらためて気づかされる。定住することのない人物が気紛《きまぐ》れにまかせ、移ろう四季つれづれにそこに巣を作り、神々を納めた小さな包みとともに身を落ち着け、旅の疲れを託すそうした脆い建物――。

芭蕉の旅を私は書き写す。時代や空間、言語の違いのせいで、誤謬《ごびゅう》は避けがたい。どの時代の写本者も免れなかったように、複写の中に誤植が紛れ込んでしまう。だが、それは意味のある誤植でもある。

「羽州里山《うしゅうさとやま》の神社」と有《あり》。書写《しょしゃ》、「黒」の字を「里山」となせるにや」[06]。呼称に敏感だった俳人芭蕉は、語源がたどったさまざまな分枝に興味を抱いた。ソクラテスのように、名前のたどった流れを芭蕉も遡り、〈創造的な過誤〉（だが、こうした過誤は実際のところ、詩人たちの妄言以外のなにものでもないだろう）の論理《ロジック》を見つけ出そうとした。山から山、寺から寺へと道をたどり、本道から外れて命名行為の小道に分け入っていく行為は、同じひとつの活動のふたつの側面、ともに〈偶然なるもの〉から派生した行為にすぎない。ソクラテスと同じく、芭蕉も横道に逸れるのを楽しんだ。その結果、名前にまったくたどり着かないときもある。だが、こうした欠落の瞬間にこそ、感覚世界である現実と詩学との調和にもっとも近づくことができるのだ。

春なれや
名もなき山の
朝霞[07]

幻住庵の床にごろりと寝そべりながら、足の先で植木を夕焼けの方角へとずらす前、芭蕉は今日《こんにち》東京と京都を隔てる距離の実に五倍もの道のりを歩いてきたのだった。地の最果てへの純粋な好奇心に駆られ、北へと向かって、二三四〇キロを徒歩で歩いたのである。

　美という語がなんらかの意味をいまだもつとするなら

——芭蕉自身はそれを疑ってはいたが——、いかなる意味でも、美は世界に当てはまらないはずだ。なぜなら、世界はありうるあらゆる美しさとともに、醜さも併せもっているのだから。だから、この世の美しさにはまったく別の意味があるはずなのだ。その意味とは、たとえば優れたものや超自然的なものとは一切関係なく、逆にありきたりの事物との接触が心に引き起こす、おそろしく奇妙な感覚に似たものだろう。それこそもののあはれと人が呼ぶ感覚であり、文楽をめぐる文章に付された唯一の注で、クローデルが「ものの驚嘆《アイテ》」と翻訳し、「ああ！　と叫ぶあらゆる事物に属するもの」と定義した感覚でもある[08]。

蚤虱《のみしらみ》
馬の尿《しと》する
枕もと

厳密に線引きされ、きわめて精確な（とはいえ、気取りのまったくない）感覚。世界はそもそも美しくも醜くもない。ただ、世界という単語の中に私たちが無理やり閉じ込めようとする混沌とした全体性を逃れる何かがたしかに存在し、それがときとして、例外だけが持ちうる可能性を垣間見せることがある、ということだ。当然のことながら、ノミもシラミも、馬ですら、偶然性の波に呑み込まれるのを現実に避けることなどできない。そうした幻覚《ヴィジョン》に安易に流されてしまう思い込みのことを、芭蕉は幻と呼んだ。たとえそうであるにせよ、その幻覚《ヴィジョン》は一瞬、たしかにひとつの可能性として出現したのだ。そのとき「世界」という語が普段よりも低い調子で鳴り響き始める。そして世界は萎えた。全体性としての力を失ったのだ。世界はありきたりのものとなった。ありうる秩序のひとつになった……。

こうした価値転換は、知覚世界の周縁でしか起こらない。だから、芭蕉は地の果て、つまり彼が〈北の奥〉と呼んだ場所を愛したのだ。こうした場所にこそ、価値転換の意義がひそんでいることを彼は知っていた。彼はそこへ赴く。解脱と出会うために、いつだって徒歩で。そうしながら、芭蕉は自分自身からも解き放たれる。そして、彼みずからが世界の力を弱め、命名行為という轡《くつわ》で世界を威圧する言葉の抽出機能の力へと変容するのである。

人が何かを本当に名づけることがあるとすれば、それはつねにある限界からでしかない。ふたたび人の耳に触れ、唯名的な広がり全体の中で蘇った名前だけを使って、私たちはあらゆる美と幻を作り出すことができる。美と幻とは、互いに分かちがたく結びついた、ふたつでひとつの同じものなのだ。

だが、そのとき、名前もまた、全体性の混沌へと放り出される。名前たちはひしめきあう。繁殖する。そして人々の口元で一気に増殖する。全体性の偉大な力が名前の背後で閉ざされる。こうして、名前は自分たちが名づけた事物の大波にさらわれてしまう。実際に使う目的で私たちが名前を見出すとき、名たちはすでにこうした難破状態にある。つまり、宙を漂う、私たちが使う紋切り型の言葉として。

みずからが住まうこの世界の最果てへと向かう芭蕉の旅路は、なによりもまず名の復元の試みとして現れる。それは、ソクラテス、スピノザ、ニーチェ、マラルメ、ヴァレリー、ヴィトゲンシュタインたちが行なったように、時代をとおして時折なされる洗浄行為の試みだ。言葉たちが騒々しい無声子音を慌ただしくかき鳴らしながら、中途半端な忘却を貪る前に行われるべき洗浄行為——。

芭蕉が暮らした数多《あまた》の仮住まい——京都近郊の芭蕉庵、琵琶湖のほとりの幻住庵、そしてそれ以外にも存在したはずの数々の住まい――のどれもが、謎めいた一本の境界線の引かれた図面を想起させる。その境界線は、北国の深い霧に紛れた彼方の線としてではなく、あくまでも私たちのいる今ここに描きこまれた一本の線として存在している。

それもそのはず、なぜなら境界線はつねに、私たちのいる場所を通過するのだから。この境界線とともに、侵略の脅威と王国転覆の危機もあらわになる。そうであるからこそ、簡単に陣を畳めるように、小さくて身軽な仮の住居を建てる方が賢明なのだ。芭蕉自身がそうしたように、どこでも独り身で。

五十歳になれば人生も黄昏だ。大阪に立ち寄ったとき、芭蕉は死の訪れを感じ取った。最後の句を記すために筆を取った。遺言を書き取らせた。弟子たちが集まってくる。彼は死に支度をする。

芭蕉の旅を私はここに書き写す。
「いづれのとしにや、栖《すみか》を此境《このさかい》に移す時、ばせを一《ひと》もとを植《うう》。風土芭蕉の心にや叶《かなひ》けむ、数《す》株《しゅ》の茎を備へ、其《その》葉茂重《しげかさな》りて庭を狭め、萱《かや》が軒端《のきば》もかくる計也《ばかりなり》。人呼《よび》て草庵《さうあん》の名とす。旧友・門人、共に愛して、芽をかき根をわかちて、処〻《ところどころ》に送る事、年どしになむなりぬ。一とせみちのく行《あん》脚《ぎや》おもひ立《たち》て、芭蕉庵既《すでに》破れむとすれば、かれは籬《まがき》の隣に地を替《かへ》て、あたりちかき人々に、霜の覆《おほ》ひ、風のかこひなど、かえすがえす頼置《たのみおき》て、はかなき筆のすさびにもかき残し、「松はひとりになりぬべきにや」と、遠き旅寝の胸にたたまり、人々のわかれ、ばせをの名残《なごり》、ひとかたならぬ詑《わび》しさも、終《つひ》に五とせの春秋を過《すぐ》して、ふたたび芭蕉になみだをそそぐ」[09]。

異質な環境に身を置くことになったその植物、芭蕉(それはつつましい仮住まいの玄関口で木陰をなす葉叢《ブーケ》となったただけでなく、芭蕉にその異名を与えることにもなった）が、仮住まいの意味するここそのものに含まれるあらゆる他所を意味する生きた換喩であることに疑いの余地はない。ここにある事物としての植物は、芭蕉にとって、この奇妙な贈り物の主である弟子や崇拝者たちへと想いを馳せるよすがとなる。ここにない不在としての植物は、はるか遠くの深々とした緑の思い出を介して、芭蕉の憂愁と郷愁を煽《あお》る。

自分の筆名にしてしまうほどに、芭蕉という植物に寄り添うこと……、この事実は、俳人芭蕉という存在を語る極めて微細な細部《ディテール》のうちで、驚くほどの鮮烈さを保っている。この細部《ディテール》からまず読み取れるのは、芭蕉の木の豊饒さだ。だが、それとともに、この植物を伴侶に選んだ人の心が持つ、秘めた異国趣味と、植物の生への細やかな思い、さらには風変わりな事物に対する心遣いと敬意の入り混じった複雑な嗜好も見えてくる。それと同時に、仮住まいの空間の開放的な親密さ——光と影、揺れ動く空気、そしておそらくは風に揺れる木々の音——も感じられる。芭蕉の植物はまた、言わずと知れた俳諧・俳文という名で知られる作品も想起させる。そうした作品が芭蕉という名だけで称されるようになった今日《こんにち》、私たちのもとに届けられるまで、俳諧と俳文は、ゆらゆらと揺れる木の翼のように大きな芭蕉の葉に包まれて、大切に守りぬかれたのだ。

それ以降、「芭蕉」の名、あるいは「詩である芭蕉」の名が思い出されるたびにその名が喚起するのは、詩《ポエジー》全体がその広がりであると同時にその証左でもあるような異他性そのものだった。

無限の呼びかけに応え、季節とともに呼吸し、年老い、身体を震わせ、夢想し、笑う――、芭蕉という植物にはこれらすべてができる。ただし、歩くことだけは別だ。

だから、俳人芭蕉は芭蕉のために歩いたのだ。大地に根付く芭蕉を思いながら、彼自身は根無し草になった。やがて芭蕉のもとに絵葉書が届くだろう。例えば、芭蕉という筆名の意味が滲《にじ》み出た次の句。

あらたふと
青葉若葉の
日の光

短詩は一瞬の刻印だ。「とりあへぬ一句を柱に残待し」、と芭蕉は記している。熟考を経ていない分だけ、言葉の切り込みはなお一層鋭いものとなる。とりあへぬ、と彼はたしかに言った。それは、旅の風に吹かれながら、あるいは宿駅であたふたと、あるいはまた、桜の花の下を通り過ぎるときに、はやる気持ちで人が絵葉書を書くようなものだ。

どの句もこうした速度《スピード》に捉えられている。そうであるから、このリズムや陶酔を再現することなくして、句が理解されることはないだろう。とはいえ、鬱蒼とした杉林の中や、雪に覆われた峠の上り坂を歩くとき、あるいは雨が続いて眠れぬ夜を過ごした次の明け方に「最果ての」ぬかるんだ細道を歩くときの、物思いに耽る芭蕉のあの小さな足取りを思わずにはいられない。だが、歩みが重要なのではない。詩の衝動が利用するのは、あくまでも別の形での跳躍なのだから。芭蕉が住んだ庵のひとつひとつに、人は同じ跳躍の表現を読み取ろうとする。切迫した何かに捉えられるやいなや、不意に消失するあの跳躍の表現を。

「当国雲岸寺《うんがんじ》のおくに、仏頂《ぶつちやう》和尚山居跡《さんきよのあと》あり」。

縦横《たてよこ》の五尺にたらぬ草の庵《いほ》
むすぶもくやし
雨なかりせば[10]

物質《マチエール》へのわずかな順応、均衡、隠れ家への欲求——これらはやにわに踵を返す結果となって終わる。さらば！　出立だ。

当時、日本の街道をさまよっていたのは、俳人芭蕉ただひとりではなかったと考えるべきだろう。絵図に残された証言を読み解くかぎり、彼のように頑なな旅人たちの光景はもっとも日常的なもののひとつだった。そうとはいえ、すぐに単なる紋切り型表現としてみなされてしまう、こうしたお決まりのモティーフに対する画家の熱意というものがたしかに存在し、それが己の道に執着する頑固な孤独者の体現する生活様式や世界との関係性をめぐる画家自身の問いかけや憧れを少なからず意味しないとは言い切れないだろう。事実、漂泊の人の粗野な姿に対する感嘆と畏れの入り混じったこうした憧れは、中国全土を縦断し、さらにはその外部のいたる場所に広がっていた。漂泊者への畏れの感情の理由は曖昧でもあり、また覆しがたいものでもあった。

実際、移住者たちの本質――移住民との違いにおいて――は、前者がなにひとつ打ち立てないことにある。定住者としてのわれわれの伝統に照らし合わせるなら、まさにこの特徴がゆえに、移住者たちはのけ者とみなされていた。苦労の末に手に入れた世界をあまりにも軽率に享受するジプシーたち。仮の住居しか持たない、かつてボヘミアンという名で呼ばれていた人たち。ドン・キホーテ、芭蕉、ランボー、ニーチェ、セガレン――、彼らはみな、彼らなりのやり方でこの系譜に属している。シルス・マリアの小さな寝室、四角い中庭に面した北京の家、アデンでの担架とテント[11]――、人が望むだけの幻住庵が存在する。身体と思考のあいだで結ばれた、ある種の契約がそこにはあった。思考と生の結びつきから生まれる一種のリズム。

　こうした渡り鳥の哲学はどれも二重の原則に従っている。第一に、世界の輝きは無尽蔵であるという原則だ。だからこそ、この渡り鳥たちは誰よりも鋭敏で活動的な観察者になれる。たとえそうした世界の輝きが彼らの幸福の理想に一度として合致したことがなかったとしても、その事実は変わらない(溢れ出る感情の激しさがゆえに、その感情が引き起こす一陣の風が理想の壁に倦《う》むことなく叩きつけるような幸福が、いわば彼らの理想だ)。第二に、世界に住まうことはできない――世界の輝きのせい、そしてその輝きに比例してという意味で――という原則だ。感覚の多様性がゆえに、美しい場所《ロクス・アモエヌス》の選定は無限に引き延ばされ、そのせいで人は休息のない運動へと運命づけられる[12]。この観点からすれば、アデンに住みつこうとしたランボーの行ないは暴挙にもみえるだろう。だが、錯乱したこの片足男の最後の言葉、「私は何時に乗船させてもらえばよいか、どうか教えてください」という、この言葉がすべてを償う。それは芭蕉の言葉をあまりにも正確に書き写しているがゆえに、錦糸で縫い付けられたあの武器密売人の胡散臭いベルトのことはほとんど忘れ去られてしまう。

こうした不定《ふじよう》暮らしの人々への共感を名づけた唯一の人物が、ほかならぬ芭蕉だった。

「将《はた》、松の木陰《こかげ》に世をいとふ人も稀《まれ》稀そこかしこに見え侍りて、落穂《おちぼ》・松笠《まつかさ》など打《うち》けふりたる草の庵閑《いほりしづか》に住《すみ》なし、い

かなる人とはしられずながら、先《まづ》なつかしく立寄《たちよる》ほどに……」〔三七頁〕

稀《まれ》稀そこかしこに——とあるものの、ここで言う「遠く」は一体どこまで広がっていたのだろう。芭蕉の視線がそのとき一時の休息を取っていた雄島《おじま》の磯の彼方まで向けられていた、という類推を阻むものは何もない。だが、芭蕉の知覚がそのとき地域一体を超え、大海原をさらに超えた先にある、仮住まいの民への普遍的な思いにまで及んでいた、つまり彼の共感は仮住まいの人々全体に向けられていたと想像することもできるだろう。蟄居《ちつきよ》者芭蕉に突然、大家族ができたのだ。

いや、私は本当に正しく理解しているのだろうか。仮住まいの世界村が出現するためには、ほかならぬ自分が世界から一歩身を引くだけで十分なのではなかろうか。個々の仮住まいがそうやって成り立つのであれば、世界規模の隠遁をめぐる多くの視点が生じることになり、そのとき巨大な隠遁そのものが見えてくるだろう。そのとき、人は仮住まいと同じ数だけ生まれた自己を認め、同じ数だけ生まれた芭蕉の姿のひとつに自分自身を見出すことだろう。そうやって出会ったたくさんの姿に人は想いを馳せ、共感を感じ、涙を流し、愛情を抱くのである。

「月海《つきうみ》にうつりて、昼のながめ又あらたむ。」〔三七頁〕

「仮住まい的な」活動のいくつかは、世界的に普及《グローバリゼーション》した孤独という現象の中にも現れる。たとえば、(時折)哲学すること、隣人を覚醒させるため(眠らせるためではない)に本を執筆すること。あるいは、庵の中の聖者を描いた一幅の絵画の前で立ち止まること、アルルの自分の寝室を絵に描くこと、誹諧《はいかい》を詠むこと、灼《や》けつく岩の上で暮らしながら無限の豊かさを夢見ること、自分に向けて、自分のために自分の音楽を演奏する、たとえばこうした活動だ。

人は世界の輝きの中に定住できない。

ここで政治的ヴィジョンを語るのは、果たして正しいことだろうか。というのも、制度化されたいかなる権力とも無縁な世界を芭蕉が放浪していたようにみえるからだ。権力者や当局、役所といったものへの言及はほとんどない。この旅人が親しんだのは自由の空間であり、気候や地形、旅人自身の身体といった物理的条件だけに規定された自由の領域である。こうした条件が新しい出会いや友人との再会を阻むかといえば、まったく逆だろう。無辺際のさすらいの象徴としての仮住まいは、濃密な社交性の論拠にもなりうるからだ。ただし、それは政治なき社交性である。

たとえそうであるにせよ、芭蕉がそこかしこで地方、あるいは中央権力の圧力に出会わなかったなど、本当に信じられるだろうか。逃れえない社会の網の目の中に、果たして芭蕉の身体が一度もひっかからなかったとでも？　彼自身もまた、地元藩主に仕えた下級武士の息子だった。そうであるなら、こうした一切をめぐる彼の沈黙は、隠蔽や意図的な忘却という困難な試みの成果であり、その結果が否定的な形でしか見えない分だけ、より一層強く感じるべきものなのだろう。

こうした隠微な状況においては、仮住まいを選択するという行為そのものが、仮住まいの世界村の可能性が垣間見せていた超政治的な意味合いを帯びてくる。そこでは対立も蜂起も一切問題にならない。芭蕉がなしたのはただひとつの賭け、権力が発動するどんな命令も届かぬ沖合で生きることは可能かどうかという賭けだ（ソクラテスも同じ賭けをしたが、芭蕉ほどの成功を収められなかった）。仮住まいは蜂起の剣ではない。そうではなく、ただ単にあるひとつの世界をめぐる仮定、遍歴や邂逅や別離と、そうしたできごとを綴った物語の果てしない反復が政治の役割を代行するような世界についての仮定なのだ。それは好きなときに歩き、語り、眠ることのできる世界でもある。こめかみに突きつけられた冷たい銃身に目覚めさせられることのない世界。

こうした世界が果たしてこの世界なのかどうかは、芭蕉にとってはどうでもよかった。彼はただ、私たちの「今ここ」にそうした世界を接木しただけだ。しかも、紀行文の中に俳句をそっと一句忍び込ませるのと同じ所作でそれを行なったのだ。ある言語の中に別の言語を忍ばせるように、あるいは、現代風の建物の外面《ファサード》に板材の小屋をしつらえるように[13]。

接木すること、書写すること……、つまり自分の一部を別のもの(者)に付け加える、あるいは自分に別のもの(者)の一部を加える行為は、必然的に類似的で対称的な動作である。融合する、模倣する、混同する、組み合わせる、取り込む、変容させる……。意味の分化を強調するこうした目録《リスト》は、経済学や植物学、医学、精神分析と同じく、詩《ポエジー》の分野でもどんどん書き加えることができるはずだ。単純な列挙というこの観点に立てば、政治ですら偉大な細胞活動の中の一段階、つまり〈一〉の〈他〉による取り込みにすぎなくなる。

思想も人間も、言葉でさえも、ただ互いに吸収したり分離したりするのに時間を消費しているということの事実についていうなら、次の芭蕉の句以上にそれを的確に表現しているものはないだろう[14]。

蛤《はまぐり》の
ふたみにわかれ
行《ゆく》秋ぞ

ドン・キホーテ、芭蕉、ランボー、ニーチェ、セガレン……。彼らの虚しい冒険をとおして執拗になされた共通の問いとはつまり、言葉はどこまで私たちを連れてゆくのか、言葉と身体の両方を連動させるこの放浪はどこに行き着くのか、文章と歩行とのひとつなぎの運命とは何かということだった。

たしかに芭蕉は「地の果て」に憧れてはいたものの、彼が旅から学んだのは、どんな境界であれ、結局は私たちが今いる場所を通過するという事実だった。その教えは絶対である。だから、旅路の果てに行き着くには、仮小屋を作るだけで十分なのだ。それと同じく、言葉全体を検討するには、たった一文を記すだけで十分である。この教えには多分、たくさんの解釈があるだろう。狂気もそのひとつだ(たとえば、晩年のヘルダーリンの強迫症的な文章を参照せよ)。あるいは沈黙もそうだ。私がここで想起するのは、京都の墓地で自分の遺骸を見守るべき自然石の岩肌に「寂」の一文字を刻ませた谷崎潤一郎のことだ。「孤独な静寂」を意味する「寂」という漢字は、家の中で体を縮める人の姿を象っているというが、あまりにも完璧に洗練された図案になったがために、文字の本来の意味を汲み取るのはもはや容易ではなく、たとえそうした意味が「寂」の漢字に含まれるとしても、その意味はわずかしか伝わらず、すぐさま消えるひとつの波紋のように、現実の夜の中に没してしまう。

それと同じように、ドン・キホーテの最後の象徴にせよ、ランボーの残した、彼自身がいざりと呼んだイメージにせよ、イエルグワットの森で失血死したセガレンのイメージ、あるいは理性を完全に失ったというニーチェのそれにしても、すべてはやがて朧《おぼろ》げなものとなる。そのいずれもが、意味という偉大な幻想の重荷から自由となり、意味作用の義務から解放され、完全に様式化された記号へと変化する。「まことに智《ち》覚迷倒《かくめいとう》みなこれ幻の一字に帰して、無常迅速《むじようじんそく》のことはり、いささかもわするべきにあらず」[15]。

だが、こうした解釈は、芭蕉自身からは縁遠い、死や狂気といった主題にあまりにも偏りすぎてはいないだろうか。人生をかけてたった一行の詩句を探し求めるのが詩人である、とジューヴ[16]は語っていた。芭蕉もきっと同じように考えていたはずだ。だが、この孤語《ハバックス》が決して到来しないことも二人は理解していた。つまり、書き刻まれた詩句はどれも、一種の予感のただなかでこの不在者に虚しく近づくことしかできないことも、彼らは知っていたことになる。

たしかに、たった一文だけで言葉全体を見通すことができるかもしれない。だが、この場合、その文章とは決して見出されることのない文章であり、だからこそそれは他のあらゆる文章を生み出し、それらを動機づけ、造形し、密かに貫くのである。

それと同じように、芭蕉もまた、あらゆる流離《さすらい》の鍵でもありその結末でもあるような住処を夢見た。究極の住処を求めながら、彼は別の住処を次々と生み出していった。螺旋運動を描く旅の道中に出会った数々の仮小屋や束の間の庵がそれだ。幻住庵という名は、日々の避難場所という意味合いとともに、漫然とした休息の暮らしの中で渇望された〈秘密〉の言葉との出会いのチャンスが皆無であるという事実をも物語っている。

だからといって、それで死ぬことはない。気が狂うこともない。ある日、一言も言わず、ただ旅立つだけだ。質素な藁屋根とくたびれた荒壁土の壁の中に、それらがそれとなく与えてくれたまやかしの夢を浸して——。

だから、たとえつつましくとも、仮小屋は決して無用の物ではない。仮小屋がその輪のひとつをなす、迂回を重ねた道のりの連鎖を芭蕉が受け入れたのは、それ以上に素晴らしい安住の地など存在しえないと知っていたからだ。その一方で、言葉の中で掬い上げられたあの十七音から成る断片たち、芭蕉が自分と仲間内で句と呼ぶことにした十七音の断片以外のなにものにも到達できないという事実もまた、芭蕉は書く行為《エクリチュール》から学んでいたのである。

一種の盲信から芭蕉が信じていたのはまた次の事実、すなわち唯一無二の文章、あるいは唯一無二の住処(それらはふたつでひとつの存在でしかないのだが)を、仮に旅の途中で見出していたなら、それらは時の流れを止め、芭蕉自身をも無に帰してしまったであろう、という事実である。時間が持続していたのは、こうした唯一無二の場所や俳句、文章、言葉、あるいはそれに代わる何かが単に探求の途上だったからにすぎず、仮にそれらが本当に存在したなら、芭蕉その人もまた、一瞬にして消滅していたはずなのだ。芭蕉が自分の時代と名づけたものは、こうした唯一無二の事物との、永遠に成就することのない一致だった。芭蕉の人生とは、そのありえない一致への猶予でしかなかった。

　芭蕉はこうも考えていた。彼が出会った旅の風景すべてにはある力（おそらくはある形態《フォルム》）が宿っていたが、その力は、ここがみずからの住処だと芭蕉自身が思えるように彼に力を貸すため（大文字で表されるような絶対的な〈住処〉を暗示するこうした目標に至ることは決してないと、芭蕉自身、十分知っていたのだから）というよりはむしろ、空と大地が織りなすつねに予測不可能なその布置を眺めながら、空間のただなかで自己を迷い人として、つまり、空間をさまよう自分自身の一部として芭蕉がみずからを把握するのを助けるためのものだった。「もうすぐ私は名もなきただの存在になるだろう」。芭蕉はこう自分に繰り返したが、その考えは彼を嬉し涙で満たしたのだった。

「幻《まぼろし》のちまたに離別の泪《なみだ》をそそぐ。〔……〕行道なをすすまず。人々は途中に立《たち》ならびて、後《うしろ》かげのみゆる迄はと、見送《みおくる》なるべし」〔一一頁〕

芭蕉の文章をこうしてまた書き写していると、ふと二重の制約に駆られてしまう。それは、彼の文章のある単語が別の語に繋がれるときにほぼ例外なく生じるかすかな痛みを受け入れることへの制約と、その痛み自体を招き入れる揶揄に同意するという制約だ。まるで歩く衝動を抑えることができず、歩くたびに痛みを感じてしまう誰かのように。書写が意味するのは、試練のただなかにいるのにそこから排除されているという、こうした一種の分裂状態を受け入れることにほかならない。決して自分のものにはならない仮住まいの運命に身を置くことだ。芭蕉は先人や隣人、友人たちの役割をことさら大切にしていた。だが、そうはしながらも、新たな旅立ちに向けて、すぐさま彼らに背を向けたのだ。

おそらく、芭蕉自身もたくさんの句を書き写したのだろう。私が言いたいのは、先覚者の人生を形づくる有名無名のさまざまな影響関係について、芭蕉自身もまた無自覚ではなかったという点だ。それを芭蕉流に言えば、次の文章になろう。「袋を解《とき》て、こよひの友とす。且《かつ》、杉風・濁子《じょくし》が発句《ほつく》あり」〔三八頁〕。感謝こそすれ、芭蕉は匆匆《そうそう》に彼らに敬意を示す。そして暇《いとま》を告げる。

だが、他人の編んだ句という預かり物のせいで、旅の頭陀袋《ずだぶくろ》が一杯に詰まって重くなり、旅人の歩行のリズムに合わせて反芻される言葉が、一体誰のものかが彼にも分からなくなってしまう。私たちが抱く最良のアイデアとは、結局、誰のものなのか。その着想源は何か。そのアイデアはどれだけの支流を汲み尽くした後で生まれたのか。こうした問いかけを、芭蕉自身もいやというほどしたはずだ。いやむしろ、咀嚼しすぎたせいで、最後にはどうでもよくなってしまった。そうした問いかけ自身、意味をなさなくなってしまった、そういうことなのだろう。たったひとつの記号の位置が変わるだけで、ひとつの世界がまるごと生起しかねない抒情詩の領域にあっては、誰の作品なのかという帰属権などそもそも存在しようがないのだから。チェスの名手と同じように、芭蕉はただ、運命の一手となる駒をチェス盤に置き直すだけだ。単に書写をする人の動作にしかみえないかもしれないが、それは徹頭徹尾、不実な写字生の行為なのだ。

幻想とは駆け引きをしなければならない。それは、みずからが照らし出すものを生み出した幻想の光との緊迫したゲームでもある。つまり、都市や富、女たちといった、太陽の光に覆われた事物のことだ。このゲームで重要なのは、陽光に隠された、あるいは逆に照らされたものの正体を知ることではない。むしろ、人を欺くこの光がどこにあり、私たちの生のどの部分を支配し、いつどこで私たちの頭上を照らし、いつどこで私たちの視覚を味方につけたかを知ること、つまり、幻想の介入によるもつれがどこで始まりどこで終わるのかを見極められるかどうかなのだ。だが、この世を照らす光に限界はなく、その見極めも不可能である以上、私たちがその答えを知ることはないし、今後もないだろう。私たちはその光の中にいる。みせかけの事物の虚しい煌《きらめ》きを世界の中に生み落とした燦々と降り注ぐ光の導くままに、私たちは思考し、行動し、進んでいく。死ぬまで虹の下を追い続ける人だっている。

故人となった作家たちの本を読むこと、のんびり旅をすること、数少ない言葉を配列すること、絵葉書を書いて送ること、「わが家」を意味する形象を自分自身の中からそっくり排除すること——、これらはどれも幻想と向きあうための方法だ。幻想を受け入れるための方法でもある。そそくさと挨拶して幻想に敬意を示しながら、幻想のお陰で手に入れた平穏を保つための方法。邪険に扱うことなく幻想に暇を告げるための方法。

芭蕉は懐疑論者だった。彼は見せかけや偽りの魅力、誘惑やごまかしを知り抜いていた。度重なる出立と束の間の休息、多くの仮住まい暮らしをとおして育まれたこうした積年の知恵の集大成として、芭蕉はもっとも簡潔で凝縮された一編の句を植えた。それは、幻想を捕らえるためのもうひとつのやり方でもあった。幻想を捕らえ、幻想が不当に得たものを取り返し、幻想がもたらした真実、幻想のいいいいいちょっとした真実を吐き出させるためのやり方だった。

千年続くものが不変式である、と芭蕉は言う。変数は逆に、様式や気質、季節の多様性がもたらす可変に従属している。芭蕉によれば、可変的要素に不変的要素を加えたものが俳諧だった。私たちの仮住まいもそうしたものだ。小屋の形態や機能は変化しなくとも、乾燥した猛暑の時期に小屋は燃え上がり、雨季には崩落する。その後、以前と同じ真四角に区切られた土地に、梁《はり》と荒壁土と藁屋根がふたたび作られ、新たな不変素が現れる。

芭蕉の死の直前、弟子の野坡《やば》が最後に師を見舞った。「今と同じようにして俳諧を作り続けてもよろしいのでしょうか」、こう野坡は尋ねた。「今のやり方でしばらくはいけるだろう」、と芭蕉は答えた。「とはいっても、五年か七年後にはまた変える必要があるだろう」。

同じ年、芭蕉の没後しばらくして、やはり弟子の二人が師の作風について語り合った。「芭蕉の俳諧は今やいたるところに広がりました」、と素堂《そどう》が言った。「それを変える時が今、やってきました。君も同意見なら、君と僕とで新しい方法をやってみようではありませんか」。それに対して去来はこう答えた。「それについては私もすでに考えました。君の加勢で二つ三つ新たな作風を発信すれば、俳諧の愛好家たちを驚かせることができるかもしれません。とはいえ、世間での諸々の義務や、迫り来る老いが日々足枷となって、芸のすさびに没入する暇を与えてくれないのです。ですから、残念なことにそれを諦めるしかありません」[17]。

遠からず小屋は蔦《つた》に覆われ、風雨に侵食されるだろう。黄昏の中で、その姿はより粗削りにみえる。それでもなお、あれが幻住庵だと言い当てる人も幾人かはいるはずだ。だが、ほとんどの人には無理だろう。それはただの仮小屋の一部。壁の一面。積み重なったまま放置された何本かの梁。取るに足らぬ思い出。新たに生まれ変わる前に残された、いくばくかの時間《とき》。

註

ソロー

01——〔原註——このテクストを教えてくれたジャン＝ピエール・リシャールに感謝する。〕

02——この「彼」は著者自身を指すと思われる。

03——フランス中東部ブルゴーニュのマコン市近郊の小村からほど近い丘陵地。

04——H・D・ソロー『森の生活（ウォールデン）』飯田実訳、岩波文庫、一九九五年、下巻、一一頁。以下引用にあたり、巻（上・下）と頁数のみを記す。

05——原語はsolitaires par mégastomanieであり、ヴァレリーの一九四二年の『カイエ』に見られる。なおmégastomanieはméga（巨大な）＋stom（口）＋manie（狂）からなる造語的表現。Paul Valéry, *Cahiers*, éd. Judith Robinson-Valéry, Gallimard, « Bibliothèque de la Pléiade », 1973-1974, tome I, p. 736.

06——〔原註——「ある人間を同胞からひき離して、ひとりぼっちにしてしまう空間とは、いったいどんな種類の空間だと思います？」とソローは自問している。〕〔上巻二三九頁〕

07——Maurice Blanchot, *L'Écriture du désastre*, Gallimard, 1980, p. 15.

08——ロベルト・シューマンのピアノ独奏曲集『森の情景〔*Waldszenen*〕』は全九曲からなり、ドイツ・ロマン主義のトポスである〈森〉のさまざまな場面をピアノによって描出する。

09——「作られた物としての作品〔œuvre-produit〕」と「創造過程としての作品〔œuvre-processus〕」についての議論は

次を参照。Didier Anzieu, *Le Corps de l'œuvre, essais psychanalytiques sur le travail créateur*, Gallimard, 1981, p. 133.

10——〔原註——ボードレールは同様の意味で、ゴヤの絵画に実現された「可能なる不条理〔l'absurde possible〕」について語っている〔ボードレール「外国の諷刺画家たち数人」、『ボードレール全集』阿部良雄訳、第三巻、筑摩書房、一九八五年、二四九頁〕。〕

なお、ニーチェの引用については次を参照。『人間的、あまりに人間的』池尾健一訳、『ニーチェ全集』第五巻、理想社、一九六四年、一〇八頁。

11——実際には、この言葉は孔子からの引用ではなく、ソローが「孔子の三つの文章」(『中庸』第十六章)に思いを馳せつつ、「メモ」として書き留めたものである(上巻二四二頁を参照)。

12——プラトン『ゴルギアス』藤澤令夫訳、プラトン『ソクラテスの弁明・クリトン・ゴルギアス』田中美知太郎・藤澤令夫訳、中央公論新社〔中公クラシックス〕、二〇〇八年、四六〇－四六一頁。

13——ラテン語auctor(創始者・保証人)はフランス語auteur(作者)の語源。「作者」はみずから発する言葉に責任を負い、その真理を「保証」する者といえる。

14——ソローは『ウォールデン』の「作者〔auteur〕」であると同時に、この書で語られる体験の主役(「役者〔acteur〕」)でもある。

15——『ウォールデン』のフランス語訳に基づいた指摘と思われる。ここで引用されている「マメ畑」の一節において、ソローの英語原文では単純過去形に置かれた動詞(I *disturbed* the ashesなど)が、たとえばルイ・ファビュレによる最初のフランス語訳ではほとんどすべて半過去形(je *troublais* les cendresなど)になっている。

Walden ou la vie dans les bois, traduction de Louis Fabulet [1922], Édition du groupe « Ebooks libres et gratuits », 2011, p. 169.

16――ホフマンスタール『チャンドス卿の手紙』檜山哲彦訳、岩波文庫、一九九一年、一〇六－一〇七頁。

17――ソローがウォールデン湖畔の小屋に住みはじめた日であり、ソロー自身が述べているように、アメリカ合衆国の独立記念日でもある。

18――ベルクソン『思想と動くもの』第八章「ウィリアム・ジェイムズの実用主義《プラグマティズム》」の次の一節を参照――「われわれのモットーはちょうど必要なだけであるのに、自然のモットーは必要以上であって――これも余計、あれも余計、みんな余計なのである。ジェイムズが見ている事象は豊富過剰である」(ベルクソン『思想と動くもの』河野与一訳、岩波文庫、一九九八年、三三〇頁)。

19――ソローの原文ではloon(Colymbus glacialis)。フランス語の訳語plongeon は英語のdiverと同じく「飛び込む・潜るもの」の意。

20――英語parlorの語源はフランス語の「話す〔parler〕」であり、「話をする所」の意。ここでは「言葉」と「社会」のつながりを象徴する語として用いられている。

21――マルクス・アウレーリウス『自省録』神谷美恵子訳、岩波文庫、改訂版二〇〇七年、三六頁。

22――〔原註――ステファヌ・オーデギーは『ささやかな柔和礼賛〔Stéphane Audeguy, *Petit éloge de la douceur*〕』において、この『スピノザの生涯』の一節をマルクス・アウレリウスの文章に関連づけている。〕〔なお、ヨハネス・コレルスは十七世紀オランダの神学者でルター派の説教師。ハーグでスピノザと交流のあった画家の知己を得て『スピノザの生涯』を執筆した。リュカス／コレルス『スピノザの生涯と精神』渡辺義雄訳、

学樹書院、一九九六年、九三－一五六頁を参照、引用箇所は一一三頁。〕

23——〔原註——「以前に拡大鏡で小指の皮膚を見たとき、溝やくぼみのある平地に似ていた」とチャンドス卿は書いている。すべては断片に解体され、概念で包括しうるものなど何もない。「個々の言葉は私のまわりを浮遊し、凝固して眼となり、私をじっと見つめ、私もまたそれに見入らざるをえないのです。」〔檜山哲彦訳、前掲書、一一〇－一一一頁〕。このようにしてチャンドスは突然、無－意味の体験をする。凝固した語、まなざしと化した語、動物となり敵となった語が彼のそばに設えるのは、無－意味なものが君臨する世界にほかならない。〕

24——『パルムの僧院』第三章の次の一節を参照——「砲声はまるでしきりなしの低音《バス》のようにひびきはじめ、少しの間隔もなくつぎからつぎへとつづき、遠くの奔流を思わせるこの不断のバスのあいだに、一斉射撃の音がはっきり聞きわけられた。」〔生島遼一訳『スタンダール全集』第二巻、人文書院、一九七〇年、四二頁〕

25——『パルムの僧院』第二章、生島遼一訳『スタンダール全集』第二巻、人文書院、一九七〇年、三五頁。

26——〔原註——ミシュレの『虫〔*L'Insecte*〕』にも大柄な「大工蟻」と「小柄な黒蟻」の戦闘を描写する場面があり、同じ沈黙が同じ狂気に結びつけられている。〕〔次の一節を参照——「大蟻たちの敗北が確定的となるにつれて、小蟻たちは猛烈な食欲を示した。私たちはその瞬間を見た……　それはさながら芝居の場面の転換であった。かれらの沈黙の、そのくせおそろしく雄弁な、所作事のなかに、私たちはこういう叫びを聞いたのである——《あいつらの子供たちは太っているぞ！》」〔ジュール・ミシュレ『博物誌 虫』石川湧訳、思潮社、一九八〇年、二一四－二一五頁〕

27——Giorgio Agamben, *Idea della prosa*, 1985. *Idée de la prose*, trad. Gérard Macé, Christian Bourgois, 1998, p. 102.

28――〔原註――ボードレールの『小散文詩』は『パリの憂鬱』というタイトルでも知られるが、「小さな」という形容詞は、論理上、ボードレールがより長い散文詩を構想してもいた(少なくともその可能性を想定していた)ことを示しているだろう。『ウォールデン』はこの仮説を立証するような作品である。〕

29――〔原註――パティニールの「散文」についても同様に語ることができよう。〕

30――〔原註――ファン・ゴッホは弟テオに宛てた手紙のなかで日本美術について次のように述べている。「日本芸術を研究するとあきらかに賢者であり、哲学者で知者である人物に出会う。その人は何をして時を過ごしているのか。地球と月との距離を研究しているのか。ちがう。ビスマルクの政策を研究しているのか。いや、ちがう。その人はただ一本の草の芽を研究しているのだ。／しかしこの草の芽がやがて彼にありとある植物を、ついで四季を、山野の大景観を、最後に動物、そして人物を描画させるようになる。彼はそのようにして生涯を過ごすが、人生はすべてを描きつくすには余りに短い。」(一八八八年九月十七日テオ宛の手紙)〕〔『ファン・ゴッホ書簡全集』第五巻、宇佐美英治訳、みすず書房、一九七一年、一五〇〇頁。同邦訳書によれば「九月下旬」の手紙。〕

31――〔原註――「私は自分の孤独な繭をつくる老いた蚕のようだ」と〔十〕世紀の日本の隠者(ヨシシゲノヤスタネ)は書いている。〕〔慶滋保胤『池亭記』の一節に「亦猶行人ノ旅宿ヲ造リ、老蚕《ろうさん》ノ独繭《とくけん》ヲ成スガゴトシ。其住マンコト幾時ゾ」とある(『新日本古典文学大系27・本朝文粋』、岩波書店、一九九二年、九三頁)。〕

32――クローデル『詩法』の次の一節を参照――「われわれは単独では生まれない。生まれること〔naître〕、それはすべてのものにとって、共に生まれること〔co-naître〕である。すべての出生〔naissance〕は或る共同出生＝認識〔connaissance〕だ。」(齊藤磯雄訳、『世界文学大系51・クローデル／ヴァレリー』、筑摩書房、一九六

〇年、一七四頁。Cf. Paul Claudel, « L'Art poétique », in *Œuvre poétique*, éd. Jacques Petit, Gallimard, « Bibliothèque de la Pléiade », 1967, p. 149.)

33――〔原註――ソローはこの「度を越す」という点を強調して*extra-vagant*と書いており、このように語を分割することによって、マラルメが「ディヴァガシオン〔divagation〕」という語にこめたのと同じように、ラテン語語源のvagus、さらにはvagabundusの意味を際立たせている。Vagusとは「あちこちをさまよう」「放浪する」「不確かな」などを意味する語であり、場合によっては（とりわけキケローにおいて）、演説に関して「自由な」という意味をもつ。〕

34――〔原註――『二年間の休暇〔*Deux ans de vacances*〕』において小屋はある役割を担っている。小屋は、主人公の少年たちの船が乗り上げた島に人間が住んでいることを示す最初の徴、人間性を再認識する最初の徴となっている。〕

35――マルクス『資本論』第一部・第一篇・第一章・第四節「商品の呪物的性格とその秘密」（カール・マルクス『資本論』マルクス＝エンゲルス全集刊行委員会、大月書店、一九八二年、一〇二頁以下）を参照。

パティニール

01――〔原註――実際のヒエロニムスは枢機卿ではなかった。枢機卿という身分は彼の死後だいぶ後になってから設けられた。〕

02――ヴィトゲンシュタイン『論理哲学論考』丘沢静也訳、光文社古典新訳文庫、二〇一四年、一四三－一四四頁。

03――〔原註――聖パウロ「コリントの信徒への手紙二」、五章。〕〔日本聖書協会『聖書協会共同訳 新約聖書』「コリ

ントの信徒への手紙二」五章一節〕

04——〔原註——マザーウェルは一九七六年の絵画に《不気味な存在》という題名をつけている(茶色の背景の上に漠然とした黒い形状が描かれた作品である)。パティニールの絵画同様ここでも、不気味なものとは、ぼんやりと形が見えてくるもののことである。〕

05——ヒエロニュムス『書簡集』荒井洋一訳、上智大学中世思想研究所編訳・監修『中世思想原典集成4　初期ラテン教父』、平凡社、一九九九年、六七九頁。

06——同前。

07——同前。

08——交錯配列法は修辞のひとつ。aspera montium は「険しい＋山」、rupium praerupta は「崖＋切り立つ」。これらのラテン語は「形容詞＋名詞、名詞＋形容詞」の順に交錯配列されている。

09——ヒエロニムスは足に棘の刺さったライオンの手当てをしたという。プラド美術館の《聖ヒエロニムスのいる風景》〔**図5**〕にはその様子が描かれる。

10——J－P・サルトル『文学とは何か』加藤周一・白井健三郎・海老坂武訳、人文書院、一九九八年、三七頁。

11——シモーヌ・ヴェイユ『重力と恩寵』冨原眞弓訳、岩波文庫、二〇一七年、八二頁。

12——〔原註——エラスムス『対話集』「ロイヒリンの神格化」〔D・エラスムス「ロイヒリンの神格化」『対話集』金子晴勇訳、知泉書館、知泉学術叢書8、二〇一九年、一〇四頁〕

芭蕉

01——ハラルはエチオピア東部の都市。十九世紀フランスの詩人アルチュール・ランボーは晩年の十年間をアラビア半島で過ごし、ハラルを中心として現地物産の買い付けと重機弾薬の売買を行なった。

02——松尾芭蕉『幻住庵記』、『松尾芭蕉集』所収、『日本古典文学全集』、第四一巻、小学館、一九八〇年、五〇九頁。

03——「風見の旗〔Die Wetterfahne〕」は、ヴィルヘルム・ミュラーの詩によるシューベルトの歌曲『冬の旅』の中の一曲。

04——『三冊子』を参照せよ。『三冊子』とは、芭蕉の弟子のひとりである土芳が、師の俳諧に関する教えを書きとめたもので、『去来抄』とともに蕉風俳論書のなかでももっとも評価の高いもののひとつ。引用文は、新味は俳諧にとってもっとも賞賛すべきもので、草木の花というべきものという意味(土芳『三冊子』、『蕉門俳論俳文集』所収、『古典文学大系10』、集英社、一九七〇年、三〇三頁)。

05——ギリシア神話に登場する大地の女神。

06——松尾芭蕉『おくのほそ道』、岩波文庫、四八頁。以下の引用では頁数のみを記す。[原註——とくに断りのない場合、引用はすべてジャック・ビュシーによって見事に翻訳され、紹介された『幻住庵〔*L'ermitage d'illusion*〕』に依拠している。]

07——南良ごえの際に芭蕉が詠んだ句。

08——ポール・クローデルは十九–二十世紀フランスの外交官、詩人で作家。大正十年から約六年間、駐日大使として日本に滞在した。

09——松尾芭蕉「芭蕉を移す詞《ことば》」、『松尾芭蕉集』所収、『日本古典文学全集』、第四一巻、小学館、一九八〇年、五三三頁。「芭蕉を移す詞《ことば》」は元禄五年(一六九二年)、芭蕉四九歳の八月に出来上がった新しい芭蕉庵に入った頃に執筆されたと伝えられる。消失した第一の庵、売却された第二の庵に次ぐ、三つめの芭蕉庵についての文章である。

10——仏頂の詠んだ句。

11——シリス・マリアではニーチェが、北京ではヴィクトル・セガレンが、アデンではランボーがそれぞれ仮住まいをしていた。

12——〔原註——「〈自然〉の広大さとその不思議〔The vastness and strangeness of Nature〕」とソローは語った。〕

13——〔原註——今日では日本人建築家の川俣正が、目を引く新奇な建造物の中に木造で短命な建造物を創造している。そうした「介入」の一例が、近代的あるいは古典的な建造物の正面に掘っ建て小屋を立てるというものであった。〕

14——〔原註——同じく、ソローによる省察の一部分全体も、語(意味〔meanings〕)の内部における分断、人間同士(近所づきあい〔neighbourhood〕)の分断、自我の分裂〔division of self〕についてのものであった。〕

15——松尾芭蕉『幻住庵記』、『松尾芭蕉集』所収、『日本古典文学全集』、第四一巻、小学館、一九八〇年、五〇六頁。元禄三年四月から七月にかけて芭蕉が住んだ大津国分寺山の幻住庵で書かれた文章とされる。

16——ピエール・ジャン・ジューヴ、十九—二十世紀フランスの詩人。

17——おそらく『去来抄』第四部、「修行」からの抜粋とみられる。以下、原文を引用しておく。「野坡《やば》問曰、「俳諧やはり今の如く作し侍る覧や」。先師曰、「暫く今の風なるべし。五、七年も過侍ら馬、又一変あらん」と也。

今年、素堂上洛の人に伝へて曰、「蕉翁の遺風天下に満て、漸又変ずべき時いたれり。吾子志あらば、我も共に吟会して、一の新風を興行せん」と也。去来曰、「先生の言葉悦び侍る。予も兼此おもひなきにもあらず。幸に先生をうしろだてとし、二、三の新風をおこさば、恐らく一度天下の俳人をおどろかせん。然れども、世波、老いの波日々打重り、今は風雅に遊ぶべきいとまもなければ、ただ御残多思ひ奉るのみ」と申」(去来『去来抄』、『蕉門俳論俳文集』所収、『古典文学大系10』、集英社、一九七〇年、二八六頁)。

異なる表現をとおして見えてくる、ある夢の強靭さ――著者あとがき

クリスチャン・ドゥメ

どんなに短いものであれ、その国の言葉をほとんど知らない人間が、芭蕉について日本の読者にもの申すなど、およそ軽率さと厚かましさのそしりを免れえないだろう。ましてや、離郷と行脚についての指摘が芭蕉の俳句の核心にかかわるとすれば、その軽率さと厚かましさはなおさら許しがたいにちがいない。そうであるなら、結局は最初の直感にしたがって、『幻住庵記』あるいはそこに記されたいくつかの俳句を、ただひたすら書き写す行為に徹するべきだったということになるだろう。

たしかにそうかもしれない。だが、その場合、一体、何語で書き写すべきだったのか。こうして一見もっとも厳密な、あるいは少なくとも一番誠実に思われた解決法ですら、翻訳という名の厄介な暗礁に乗り上げてしまう。芭蕉のフランス語訳はいくつも存在する。仮にそれらの比較検討に打開策を見出したところで、俳句が本来宿しているはずの存在の震えや言語の揺らぎ、あるいはまた、紙面という空間でなされる記号たちの思いがけない出会い――つまりは、遠巻きには見えないけれどもたしかに芭蕉の芸術の特徴の

ひとつである、あの独特な未決定状態を伝えることにかけては、そのいずれもが見事に失敗していることに気づくだけだろう。

だから詫《わ》びるべきなのだ。みずからの知力を超える存在を前にしたときには、一度ならず詫びる必要がある。そうとはいえ、決してありきたりの謙遜から無礼を詫びるのではなくて、どんな作品であれ、それに付される注釈の粗雑さや不精確さ、不器用さを免れることなどありえず、それを事実として認めるかどうかは別にしても、芭蕉の俳句もまた、こうした注釈の歪んだ矢に晒されたのだと、芭蕉その人、そして彼の皮肉な笑みに向かってあたかも語りかけるようにして詫びる必要があるということなのである。（人が本当に詫びるのは、死者に対してだけだ。というのも、いかなる罪の軽減も彼らから期待できないから。つまり、完全にわれわれ自身の責任でみずからの行為を弁明するしかない、ということになる。）

＊

本書でなされたいくつかの考察によって、芭蕉の俳句と人生はより広いパースペクティヴの下に置かれることになり、さらにはパティニールやソローといった別の作品や地平とも交わることになった。その際に、ある特異な対象——本書で言うところの「庵」——に注目することが、斜めに読むという行為、すなわち自由奔放な視点や予想外の関係性を構築しながら、最終的には歪曲《わいきょく》したヴィジョンを生み出すことにつながったといえる。

視点を変えたとたんに風景が新しく写るように、あらかじめ方向づけられたまなざしを作品に向けることで、われわれの読み方も一気に刷新される。テクストから新しい意味が溢れ出し、イメージと思考のあいだに結合が生まれ、それらが新たな意味生成の水源となる。詩人の夢想についても、比較可能な他の夢想と関連づけられることによって、その特異さを失うことなく新たな奥行きを獲得する。芭蕉という偉大なさすらい人の庵の奥から突然、ソローと聖ヒエロニムスの庵が姿を現し、芭蕉の庵を明るく照らしだす。比較・対照の作業は、よりよく見ることにつながる。それはまた、パティニールもソローも、芭蕉ですら疑ってもみなかったことを見ること、すなわちある夢がもつ強靭さを、異なる表現をとおして見ることでもある。

*

ここに述べたわずかな理由が、本書に編まれた三つの試論の妥当性を保証してくれるかどうかは定かではない。

その場合、どうか読者諸氏には、私が負った古い借りの返済のしるしとして本書を読んでいただければ幸いである。つまり、もっともシンプルにこの世界に住処を構えるにはどうすればよいか、もっとも儚いながらも燦然《さんぜん》と輝く住処をどう作るべきかを私たちに教えてくれた、幾人かの優れた先人たちへの返済のしるしとして。たとえすぐさま廃れるような代物であったとしても、誰もがそこにしばし立ち寄り、人生の悪天を避けながら、力を回復することができるような、そんな庵の大切さを教えてくれた先人への感謝の気持ちとして。

訳者あとがき

本書はChristian Doumet, *Trois huttes*, Fata Morgana, 2010の全訳である。

著者のクリスチャン・ドゥメ（一九五三－）はパリ第八大学や国際哲学コレージュで教鞭をとった後、現在はパリ・ソルボンヌ大学教授としてフランス近代文学と音楽美学を教えるが、その傍ら一九八七年から現在に至るまで文筆活動を精力的に行ない、エッセー、評論、詩、小説など、すでに三十冊以上の作品を手がけるフランスの現代作家である。

邦訳の副題に添えたように、本書はヘンリー・デイヴィッド・ソロー、ヨアヒム・パティニール、松尾芭蕉の三者を取り上げ、それぞれの「庵」を描いた三幅対である。「芭蕉」の章は、二〇〇七年に刊行された*Japon vu de dos*（『日本のうしろ姿』鈴木和彦訳、水声社、二〇一三）の続編としても読みうるものである。二〇〇五年に京都大学人文科学研究所客員教授として来日した著者の実体験に基づくこの日本論は、初めて訪れる異国を正面から見定めるのではなく、見えない部分を残したまま、その「うしろ姿」を捉えようとする独特な視点から書かれているが、本書の一章もそれと同じく「芭蕉のうしろ姿」とみなすことができよう。「ソロー」の章は、その後アメリカに滞在した著者（二〇〇七年コネチカット大学客員教授として訪米）が、マサチューセッツ州コンコード市のウォールデン湖およびその湖畔に建てられたソローの小屋跡を訪れた体験に基づいている。ウォールデン湖の光景は、本書でも述べられているように、フランス中央部のマコン市に生まれたドゥメの少年時代の夢と思い出に結びつくものであり、いわばこの作家の原風景と言うべきものである。三幅対の中央に置かれた「パティニール」の章は、それら実際の旅とはまた別の次元の旅、すなわち聖ヒエロニムスの隠遁を描いたこの画家の作品――表紙カバーにあるように深みある青が美しい――をめぐる旅に基づくものである。なお、著者あとがき「異なる表現をとおして見えてくる、ある夢の強靭さ」は本訳書の刊行にあたって書き下ろされたものであり、日本語版のみの収録である。

十九世紀アメリカの作家、十五‐十六世紀フランドルの画家、十七世紀日本の俳人という三者の組み合わせは意表を突くものだが、時代と場所を問わず、みずから「庵」を建ててそこに住まう隠遁者の生き方を問いつづける著者のまなざしがその「三景」を貫いている。ドゥメの語る「隠遁者」は現世に背を向けて生きる者ではない。人間社会と距離を取りながら、あくまでその中で現実世界をより深く見つめようとする者である。二十一世紀に生きる現代フランス作家は、ソロー、パティニール、芭蕉の三者三様の庵をとおして、住居空間を最小限に切りつめることで逆に広大な世界の中心に住まう隠遁者のあり方をその普遍性と多様性のもとに描き出す。

クリスチャン・ドゥメの著作は多岐にわたる。専門であるヴィクトル・セガレン論(*Le Rituel du livre : sur Stèles de Victor Segalen*, 1992 ; *Victor Segalen, l'origine et la distance*, 1993 ; *Victor Segalen*, dir., avec Marie Dollé, 1998)のほか、音

楽や絵画にも造詣が深く、自身ピアノを嗜むうえ、音楽論(*L'Ile joyeuse. Sept approches de la singularité musicale*, 1997 ; *Grand art avec fausses notes. Alfred Cortot, piano*, 2009)や絵画論(*Tentative de destruction d'une ville par la peinture*, 1990)を発表している。さらに小説(*La Méthode Flaming*, 2001)や詩(*Horde*, 1989 ; *Horde, suite*, 1997 ; *La Donation du monde*, 2014)の創作に加え、詩および哲学に関する理論的考察(*Faut-il comprendre la poésie?*, 2004 ; *Poète, mœurs et confins*, 2004 ; *La Déraison poétique des philosophes*, 2010)もある。文学、芸術、哲学を自由に横断するその作風はしばしば「ジャンル規定を覆す」と評される一方、その文体は簡潔と凝縮を旨とし、句読点の分断による切迫したリズムと省略語法が特徴である。「複数の文学ジャンルを融合させる特殊な文章において、ゆったりとしていながら句読点の切れ目を厳格に入れる分節法《フレージング》が作品の主題を統御している」(*Dictionnaire de Poésie de Baudelaire à nos jours*, dir. Michel Jarrety, PUF, 2001におけるFrançois Boddaert執筆Doumetの項目)という指摘は本書にも当てはまるだろう。また二〇一三年に刊行されたドゥメを論じる研究書(Karine Gros, *Christian Doumet. La fiction du vécu*, 2013)はこの作家の特徴として、ジャンルの横断と簡素な文体に加え、「美学《エステティック》と倫理《エティック》の結びつき」および「現代的な意味での社会参加《アンガージュマン》」を挙げている。もう一点この作家の際立った特質を挙げるならば、それは「理解する」ということに対する峻厳なまでに透徹したまなざしであろう。二〇一六年にドゥメの特集号を編んだ雑誌『ニュ』の巻頭インタビュー(« Entretiens de Christian Doumet avec Jacqueline Didier », Revue *Nu(e)*, n° 59, janvier 2016)において、ドゥメは次のように述べている。

「私はずいぶん前から、私たちが分かったふりをする——たとえば、他人のことを理解しているふりをする——という場面に注意を払ってきました。実際に君臨しつづけているのは無理解であるというのに。話す人によって、さまざまな場所や状況によって、言葉は同じ意味をもつわけではないのに誰もが理解しているかのように振る舞いつづけています。繰り返して言わせないようにとの配慮からか、時間を節約するためか、それとも億劫だからなのか分かりませんが。これほど私たちに共通の態度はほかになく、調和のとれた社会も紛争のたえない社会も等しくこの態度に立脚しています。それゆえ第一に重要なことは、みずからの愚かしさを養うこと、つまり、理解していない者としてのみずからの特殊性を養うことだと私には思われるのです。人は自分が理解されていないと思うものです——常にその方が楽ですから！　——ところが、たいていの場合、人は理解していない側、鈍感で、不確かで、困惑した者にほかなりません。なぜ、理解する喜劇を拒むことが大切なのか？　その拒否こそがもろもろの事物や存在に通じる第一歩となるからです。」

理解したふりをする、あるいは理解したと思いこむ「喜劇」を拒否し、「無理解」の自覚を研ぎ澄まそうとする姿勢——それはより精確な、より深く鋭い「理解」に達しようとする意志の反映にほかならない——は、この作家の多岐にわたる作品に一貫して見られるものである。たとえば『詩を理解しなければならないか？』と題された詩論エッセーは端的にこの問題に触れており、先述した日本論も、正面ではなく「うしろ姿」を見つめる視点によって、無理解の自覚から出発しようとする作家の態度をよく示しているだろう。ソロー、パティニール、芭蕉の「三つの庵」を訪ねる本書にも同様のまなざしが感じられる。「理解する喜劇」を拒否し、あえて「無理解」という視点に立ち続けること、それこそこの作家の美学と倫理を貫く基本姿勢ではないかと思われる。

本訳書は、著者とそれぞれに縁のあった訳者三名による共訳である。著者とは十年以上にわたる友人として本企画に尽力いただいた小川美登里氏、『日本のうしろ姿』の訳者として著者を初めて日本に紹介した鈴木和彦氏、このたびお二人と翻訳の仕事を一緒にできたことは私にとって願ってもない幸運であった。翻訳の分担については、「序」および「ソロー」の章を鳥山、「パティニール」の章を鈴木氏、「芭蕉」の章および「著者あとがき――異なる表現をとおして見えてくる、ある夢の強靭さ」を小川氏がそれぞれ担当した。

最後に、本書の出版を快諾し、趣向を凝らした素晴らしい編集をしてくださった幻戯書房の中村健太郎氏に心よりお礼を申し上げたい。

本書がクリスチャン・ドゥメと日本の読者が出会うひとつの機縁となれば幸いである。

二〇二〇年春　　鳥山定嗣

［著者略歴］

クリスチャン・ドゥメ［Christian Doumet 1953– ］

一九五三年、フランス中央部のマコン市に生まれる。パリ高等師範学校を卒業後（文学博士）、グルノーブル大学とパリ第八大学で教鞭をとった後、二〇一五年以降パリ・ソルボンヌ大学教授。またフランス大学学士院のシニアメンバーや国際哲学コレージュのプログラム・ディレクターを務め、客員教授として米国や日本に滞在した。専門はヴィクトル・セガレンであり、三冊の著書・共著に加え、プレイヤッド版『セガレン著作集』（近刊）を監修する。学術的な仕事の傍ら、一九八七年から現在に至るまで文筆活動を精力的に行ない、すでに三十冊以上におよぶ作品を発表している。近代文学および音楽美学に関する評論・エッセーのほか、小説や詩も手がけるなど作品は多岐にわたり、文学、芸術、哲学を自由に横断するその作風は既存のジャンル規定を覆すと評される。

［訳者略歴］

小川美登里［おがわ・みどり］

一九六七年、岐阜県生まれ。カーン大学にて博士号取得。現在、筑波大学人文社会系准教授。専門は現代フランス文学（関心領域は、ジェンダー、音楽、絵画、文学など）。著書に、*La Musique dans l'œuvre littéraire de Marguerite Duras* (L'Harmattan, 2002)、*Voix, musique, altérité: Duras, Quignard, Butor* (L'Harmattan, 2010)、訳書にパスカル・キニャール『落馬する人々』『いにしえの光——最後の王国〈2〉』『謎——キニャール物語集』『秘められた生』（いずれも水声社）など。

鳥山定嗣［とりやま・ていじ］

一九八一年、愛知県生まれ。京都大学にて博士号取得。現在、名古屋大学准教授。専門はポール・ヴァレリー。著書に『ヴァレリーの『旧詩帖』——初期詩篇の改変から詩的自伝へ』、共編著に『愛のディスクール——ヴァレリー「恋愛書簡」の詩学』、共著に『ヴァレリーにおける詩と芸術』（いずれも水声社）など。

鈴木和彦［すずき・かずひこ］

一九八六年、静岡県生まれ。パリ・ナンテール大学にて博士号取得。現在、明治学院大学専任講師。訳書にクリスチャン・ドゥメ『日本のうしろ姿』（水声社）、ミシェル・ドゥギー『ピエタ　ボードレール』（未來社）、ジェラール・マセ『オーダーメイドの幻想』（水声社）など。

三《みっ》つの庵《いおり》――ソロー、パティニール、芭蕉《ばしょう》

二〇二〇年一二月一〇日　第一刷発行

著者　クリスチャン・ドゥメ
訳者　小川美登里・鳥山定嗣・鈴木和彦
発行者　田尻　勉
発行所　幻戯書房
郵便番号一〇一-〇〇五二
東京都千代田区神田小川町三-十二　岩崎ビル二階
電話　〇三(五二八三)三九三四
FAX　〇三(五二八三)三九三五
URL　http://www.genki-shobou.co.jp/

印刷・製本　中央精版印刷

ISBN978-4-86488-211-8　C1098